JN068593

月の砂漠に愛を注ぐ〜獣と水神〜

野原　滋

幻冬舎ルチル文庫

CONTENTS ✦目次✦

月の砂漠に愛を注ぐ～獣と水神～

✦カバーデザイン＝ chiaki-k（コガモデザイン）
✦ブックデザイン＝まるか工房

イラスト・奈良千春✦

月の砂漠に愛を注ぐ～獣と水神～

月が中天にさしかかる。ゴォと音を立て、砂混じりの風が通り過ぎていった。

日が出ているうちは容赦のない灼熱《しゃくねつ》で、夜には急激に気温が下がる砂漠の地だ。過酷な環境での生活は生まれたときから慣れてはいるが、それでも寒いものは寒い。首に巻いていた布をグイと引っ張り、リュエルはその中に顔を埋《うず》めてささやかな暖を取る。昼にはこの布を、日よけのために頭に巻くのだ。

ガガリが率いるキャラバン隊の一員となってから、一年と半年が経《た》とうとしていた。

ここイルヌール大陸は、大部分が砂漠に覆われた乾燥地帯だ。川やオアシスの周りに国や街、小さな集落が密集している。そんな国々を行商しながら渡り歩いている集団が、リュエルの所属するガガリキャラバン隊だった。

希少種である猫族と人族との間に生まれたリュエルは、初め愛玩《あいがん》用の奴隷として売りに出されていた。けれど買われるたびに主人にたてつき、何度も脱走を図った結果、返品を繰り返され、最後には最下層級の奴隷として投げ売りされた。そんなリュエルを見つけ、買ってくれたのが、今のキャラバン隊だ。

この隊には、リュエルの他にも獣人がいて、奴隷だった者もいる。中には元盗賊という経歴を持つ強者《つわもの》もいた。全員が腕に自信のある、個性豊かな面々だ。奴隷として買われたリュエルも、首輪や足枷《あしかせ》を外され、最初からキャラバン隊の仲間として受け容れられた。身軽な猫族の特技を活かし、高い場所や狭い場所での作業や、伝令、運搬などの助手、警備では斥《せっ》候《こう》や索敵《さくてき》の役割を担っている。

冷たい風に晒《さら》されながら佇《たたず》んでいると、背後から人の気配が近づいてきた。リュエルは振り返らずに、耳だけをそちらに向ける。

「リュエル」

返事をしないまま、首に巻いた布に息を吹きかけ、温まった空気を逃がさないことに専念する。気配が更に近づきまた名を呼ばれるが、無視を決め込み布に顔を埋めた。

「おい、リュエル」

低い声は不機嫌そうだが、それも慣れっこだ。聞こえないという意思表示をして、布を顔半分まで引っ張り上げる。

「知らない振りをしても、耳がこっちを向いてるぞ。……今更畳んでも遅い。馬鹿が」

暴言と共に、ペタンと寝かせたリュエルの耳が引っ張られた。「痛い！」と抗議をするが、「嘘《うそ》を吐《つ》け」と聞いてもらえない。

「寒いなら火の側《そば》に来ればいいい」

「寒くない」

「その有様でか？」

目だけを覗《のぞ》かせ布でグルグル巻きになった顔を見つめ、男が意地悪く口端を上げる。キャラバン隊の用心棒役をやっているエイセイだ。

仲間の中で、一番の力自慢は熊族のドゥーリだが、エイセイは剣の腕が立つ。対人戦では彼に敵《かな》うものはなく、リュエルのナイフ使いの師匠でもある。商談のための宴会の席では、二人で剣舞を舞うこともある。

エイセイは、小柄なリュエルよりも頭一つ半ほど背が高く、剣士の身体《からだ》はガッシリというよりは、しなやかで強靱《きょうじん》だ。ここイルヌール大陸に住まう人族のような派手な顔つきとは違う異国の風貌《ふうぼう》を持ち、鋭利な眼差《まなざ》しと濡れたような黒髪が特徴的な美丈夫だった。

「ほら、耳が冷えている。広場へ行くぞ。今日はことさら風が冷たい」

「これぐらい平気だ。我慢できるし！」

「火があるのになんで我慢する必要があるんだ？」

そう言われると、よく分からない。

「……強くなるため？」

「相変わらず馬鹿だな」

酷《ひど》いことを言いながら、首の布を巻き直してくれる。それでも動かないでいると、「頑固だな」と、不機嫌そうな声を出しながら、エイセイが両手で耳を覆ってきた。

「触んな！　……って、んみゃぁ！」

手で覆われた耳に息を吹きかけられる。息は温かいが、敏感な耳を刺激されて、ぞわぞわと毛が逆立つ。逃げようとしても、大きな手でがっちりと頭を摑《つか》まれ、動きを封じられた。

挙げ句の果てに口に含まれ、また息を吹きかけられる。

「みぃう、……そ、やっ、めろってば！　みにゃ……っ、何すんだよ、馬鹿！」

「馬鹿はおまえだ」

どれほど反抗しても、悪態を吐いても、エイセイには効果がない。いつか絶対に言い負かしてやるんだと意気込んでいるリュエルだが、いつも逆襲されてしまう。

「温まったか？」

涙目で睨《にら》み上げるリュエルを、エイセイが冷たい無表情で見返してくる。言動と表情がまるで一致しないのが、エイセイという男だ。

「ほら、広場に行くぞ。みんな待っている」

「別に待ってねえよ。酔っ払ってるし」

冷たい風に乗って、広場からは笑い声が聞こえていた。手拍子を打ちながら歌っている者もいる。キャラバン隊の連中と村人たちとで、焚《た》き火を囲んで宴会をしているのだ。

オアシスのある町から遠く離れた砂漠の中にあるこの村は、罪人の連座となった家族や親族が、町から追われた末に作った集落だ。水は乏しく、少し前までは井戸さえもなく、雨期に暫定的にできる泉をあてにするしかない生活をしていた。

リュエルがここを訪れたのは、今回で三度目だ。

ラクダで一日半をかけてやってきて、細々《こまごま》とした商売をする。僅《わず》かに収穫された作物や、素人《しろうと》の手慰み程度の工芸品を買い取り、塩や食料、布などの生活用品を売るのだ。

ガガリは、どこにでも商売に出掛けるのがうちのキャラバンだと言っているが、本当の目的は別だ。村の畑の開拓や家屋の修繕、井戸掘りの手伝いをするのだ。

どうしてそんなことをするのか、ガガリの真意は分からないが、彼の号令のもと、仲間の全員で鍬《くわ》を振るい、日干し煉瓦《れんが》を積み上げ、井戸を掘った。リュエルも身軽さを利用し、家の屋根に上り、板を運んだり、ヒビや穴を埋めたりと活躍した。

最初にここにやってきたとき、村の人々は疲れ果てた顔をしていた。

二度目にやってきたとき、長年の努力が実り、ようやく井戸に水が湧き、人々は涙を流して抱き合っていた。

三度目の今は、井戸のある広場に集まり、酒を酌み交わしながら、皆で笑い合っている。

訪れるたびに変わっていく、村人たちの表情だ。

「畑、前よりも大きくなったな」

村の外側にある畑の様相も、以前とだいぶ変わっていた。

前は赤茶けた土の上に生えたしおしおの葉と、小振りの実しか付けていなかった。それが今は湿り気を含んだ黒い土に、青々とした野菜が茂っている。

井戸から水が湧いたのと同時期に、恒常的に水が湧き出る水脈が見つかったのだ。川やオアシスができるほど豊富な水量ではないが、畑を広げ、生活用水にも利用できる程度には、湧いてくれるという。

「やっぱりここにオアシスを作ったほうがいいんじゃないか？　そしたらみんな助かる」

村人の表情を見ると、もっと喜ばせてやりたいという思いが湧いて、リュエルはそう提案するのだが、エイセイが賛成してくれない。

「井戸だって、広場にあるあれ一つだけだろう？　どうせならあと三つか四つ、掘ればいいじゃないか」

「それは俺たちの仕事ではない」

「でも村の人より早く掘れるぞ。二人なら一晩でもできる」

みんなのいる広場から外れ、一人で冷たい風に晒されている原因がこれだった。

もっと役に立てるのに。エイセイとリュエルの二人なら、それが実現できるのにと、ここに来た当初から訴えるリュエルを、エイセイが冷たく否定する。

さっきもそれで言い争いになり、飛び出してきたのだ。

「一晩で井戸が掘れたら大騒ぎになるだろうが。キャラバン隊が来るたびに井戸が湧いたり、オアシスが出現したりしてみろ。疑われる」

厳しい目をしたエイセイがリュエルを睨む。

「過ぎた力は災いを生む。多少不便ぐらいのほうがいいんだ」

「でも……」

「聞き分けろ」

むぅ、となって口をへの字に曲げるリュエルの顔を見つめ、エイセイが目を細めた。言葉は短く尊大だが、ほんの僅か、リュエルを慰めようとしているのが分かった。

「ここから先は、ここに住む人たちが努力すればいい。水脈はあるんだから」

どれほど深く掘っても一滴の水も出なかった井戸に水を湧かせたのも、砂漠の深いところに沈んでいた水脈を地表近くに浮き上がらせたのも、エイセイとリュエルの力が合わさった結果だ。

普段は布を巻いて隠しているエイセイの額には、水神の力を宿す宝玉が埋まっている。乾いた大地の奥に眠る水脈を探り、何もないところに水を生む。エイセイの故郷に伝わる神秘の石だ。

『神宿る石』と呼ばれるその宝玉は、全部で六つ。そのうちの四つは、本来の力を知られないまま、宝剣の飾りとして、アバルという国の王が所持している。

そして最後の一つは今、リュエルの体内に埋まっていた。

アズムル神国という、既に滅亡した異国の末裔《まつえい》がエイセイだ。エイセイは、亡き王の第三子、そしてリュエルの父は、王の長兄に仕える家臣だった。

神国の滅亡を前に、イルヌール大陸へ散り散りに逃げてきた人々は、隠れ住みながら互いの居所を探し、遂《つい》に出会うことなくこの地で果てた。今、この世に存在する神国の王族は、恐らく自分一人だとエイセイはいう。

リュエルの父は王太子を失ってからも放浪を続けた。やがて猫族の母と出会い、リュエルが生まれた。家族を得たあとも、父は主の形見である宝玉を然《しか》るべき方に返さなければと、探し続けた生涯だった。

父の思いは母が受け継ぎ、最後はリュエルに託された。

父が死んだ数年後に、リュエルたちが住む猫族の村が盗賊団に襲われ、母親も失った。そうして奴隷に身を落としたリュエルは、大陸の西の果てにある町で、エイセイと出会ったのだ。

初めてエイセイと出会ったとき、リュエルは不思議な音を聞いた。今ではそれが、寄せては返す波の音だと知っている。エイセイも同じ瞬間、温かい何かに触れられたのだと言っていた。

偶然が重なった二人の出会いだけれど、今では絶対に二人は出会わなければいけなかったのだと、胸にある石の在処《ありか》に手を添え、リュエルは思う。

互いの事情を打ち明け合ったときに奇跡が生まれた。今目の前にある肥沃《ひよく》な土と、乾ききった大地に湧いた水の存在だ。あのとき見た奇跡の光景は、今でも鮮明に覚えている。次の日に目にした村人たちの歓喜した姿も忘れられない。

名もない小さなこの村は、リュエルにとって大切な場所になった。だからこそ、もっと役に立ち、喜んでもらいたいと願ったのだが、エイセイはやりすぎては駄目だという。宝玉の力に頼り切った結果、エイセイの故郷は滅んでしまったのだからと。

反発して飛び出してみたが、冷静に考えたら、その通りかもしれない。ちょっと欲張りすぎたみたいだ。宝玉の力を借りないで、自分のできることで手助けをすればいいのだ。

「ほら、いい加減拗《す》ねるのをやめて、広場に戻ろう」

「拗ねてるんじゃねえし！」

心を入れ替えて気持ちを新たにしているところに、エイセイがそんなことを言うので、すぐにも噛《か》みつく。

「やらない！」

「村の人たちが剣舞を見たいと言っていたぞ。久し振りに舞うか」

「そうか。前に披露したときに、えらく感激していたが。楽しみにしていたらしいから、残念がるだろうな」

「え……、そうなのか？」

意固地になっていた心が、エイセイの言葉にすぐさま浮上する。

「まあ、俺も面倒だからちょうどよかった」

「なんだよ。可哀想《かわいそう》だろう？　楽しみにしてんのに」

「酒も飲んじまったからな」

「それぐらいどうってことないだろ」

「やらないんじゃなかったのか」

意地悪な顔をしてエイセイが笑う。普段は無表情なくせに、こういうときだけとても分かりやすい顔をするのが癪《しゃく》に障る。

「楽しみにしてくれてるんなら舞ってやらないこともない。あ、そうだ。どうせなら衣装もちゃんとしようか。娯楽のない村だからな。きっとみんな喜ぶぞ」

エイセイを置いて、広場のほうへ先に駆け出す。後ろからフ、と息を吐く音と、「単純」と呟《つぶや》く声が聞こえ、「なんだとっ」と、振り返る。

「何も言っていない」

「嘘だ。ちゃんと聞こえた。猫族の耳舐《な》めんなよ！」

「おーい、いつまでそんなところでイチャついてんだよ。みんな待ってるぞ」

再び言い争いが始まったところに、ガガリがやってきた。

「イチャついてないから！　これ、喧嘩《けんか》だからっ」

「あーあー、分かった、分かった。仲良しなんだな」

「違うって！」

陽気な声を出す大男にまあまあと宥《なだ》められながら、皆の集まる広場に無理やり連れていかれるのだった。

砂漠の村を離れ、オアシスのあるエーレンの町に戻っていた。宿屋の食堂に集まり、これからの活動予定を相談しているところだ。

エーレンに残り、商売と仕入れをしていた者と、ラクダで村まで遠征する者に分かれていたので、全員が集まるのは久し振りだ。リュエルが入った当初、十六人だったキャラバン隊の人員は、あれから三人増えていた。馬車も一台追加している。欠けた者は一人もいない。

「じゃあ、出発は三日後だな。それまでに仕入れを済ませておいてくれ。俺は次に向けての準備と、ああ、出る前に挨拶回りもしとかねえと。イザドラ、頼んだぞ」

キャラバン隊の唯一の女性であり、副隊長であり、接待要員であり、元女盗賊の頭をやっていたイザドラが、赤く染められた長い爪を弾《はじ》きながらガガリに視線を送った。彼女は行く先々でそこの有力者と繋《つな》がりを付け、商談に持ち込むのを得意としている。豊満な身体つきと妖艶《ようえん》な美貌は迫力があり、年齢は不詳で、誰も聞けない。

細々とした話し合いをしながら、これからの予定が決められていく。

「いつも通りに東に向けて進んでいくわけだが、新しい情報は集まっているか?」

大人数用のテーブルの上に地図を広げ、ガガリがみんなの顔を見回した。

「今のところ、戦《いくさ》の噂《うわさ》は聞かないな。麦や鉄の値も特に動いてない」

「ああ、俺もそんなふうに聞いた。ダンフェールも大人しくしているようだ。前の戦がまだ響いているんだろう」

「食料事情はどうだ？」

「ああ、麦は安定しているらしい。野菜もまあまあ手に入りやすくはなってきたようだ。回復してくる頃だろう」

「ってことは、そろそろ贅沢《ぜいたく》品が欲しくなる頃合いか」

「フュームやセンシルの方面は、今年は豊作だって言っていた」

「おお、そんなら農村は今、懐が温かそうだな」

商人にとって情報は命だ。些細《ささい》な値の変動から嘘か本当か分からない噂話まで、どんなことでも持ち帰り、こうしてみんなで吟味する。

広げられた地図は精巧で、今までキャラバン隊が訪れた場所に印が付いている。小さなオアシスや野営に適した草原や広場、馬車では行けない道など、あらゆる箇所に詳細な書き込みがされていた。

リュエルはみんなの話を聞きながら、今話題に出た町や国の名を指で辿《たど》る。

「フュームはここ。センシル……は、これだ。ダンフェールはすぐに分かる。あのでっかい城壁があったところだろ？」

指でなぞりながら確認するリュエルに、エイセイが一つ一つ頷《うなず》いてくれる。エイセイに教えてもらい、文字もだいぶ読めるようになった。

広大な大陸の地図の上に、キャラバン隊が訪れた印が無尽蔵に散らばっている。数多《あまた》の町や国の名前がある中で、リュエルが訪れたことのある場所は東の海の側に固まっていた。それは一年ほど前に起こった戦の影響だ。情報操作と根回しをしたあと、東から西へと一気に駆け抜けた記憶がある。

今回はそういったきな臭い出来事がないため、以前は立ち寄らなかった地域にも行く予定だとガガリが言った。初めて見る景色がいっぱいあるのだろうと、リュエルは地図を眺めながらワクワクする。

「今まで行った場所とはまったく違った雰囲気のところがたくさんある。新しい情報も得られるだろう。な、リュエル」

「え？　おれ？」

急に名指しされて、呆《ほう》けた声が出る。なんのことだと首を傾《かし》げるリュエルに、ガガリが「おめえのことだろうがよ」と、呆《あき》れたように言った。

「奴隷の情報だよ、猫族の。探してんだろ？」

「あ……」

指摘されて、今度もまた間抜けな声が出た。

盗賊団に襲われて、リュエルの暮らしていた村は壊滅した。母は殺され、仲間の多くが攫《さら》われた。純粋な猫族は希少で、だからこそ愛玩用としての需要がある。まだ生きている仲間はいるはずだ。

リュエルがいた奴隷商の店に猫族はいなかった。キャラバン隊に入ってからも、剣舞を舞う接待で屋敷に招かれたときには、下働きの奴隷に知った顔がないか、噂だけでもないだろうかと探してみたが、今のところ一つも収穫がない。

「こんだけ人の住んでいる場所があるんだ。虱潰《しらみつぶ》しに当たりゃあ情報が入らねえわけがねえ」

リュエルが覗いていた地図をパンと叩《たた》き、ガガリが高らかに言った。

「ガガリキャラバン隊に手に入れられない商品も、情報もねえ！」

そう言って、今度はリュエルの背中をバンバンと力一杯叩いてくる。

広大な大陸を縦横無尽に渡り歩きながら商売をし、時には戦争の一端を担い、裏で暗躍までする。大勢の仲間を率いて忙しく走り回るキャラバンの隊長は、奴隷として買われた獣人のリュエルを真っ当な仲間として扱ってくれる。

その上、散り散りになったリュエルの仲間を探す手助けまでしてくれようとするのだ。

「焦らず待ってろ。きっと見つけてやるから。な！」

「うぅ……」

嬉《うれ》しいのと叩かれた背中が痛いのとで、呻《うめ》いているリュエルの顔を覗き込み、「お？　感動で泣きそうか？」などと言うものだから、反射で「泣いてない！」と睨み上げる。

「慰めんのはエイセイに任せている」

エイセイがすぐさま切り返し、リュエルも「いらない」と叫ぶ。

「請け負えない」

「まあ、そういうわけで、今回は以前の旅程とだいぶ変わる。と言っても、大国は押さえておかなきゃならないけどな。今回はこの辺りか」

地図の上のほうに指を置き、ガガリが説明する。その指を目で追いながら、覚えたばかりの文字をリュエルは諳《そら》んじた。

「随分上のほうに行くんだな。へえ、こんな端まで人が住んでるんだ」

リュエルがかつて生活をしていた猫族の村も辺鄙《へんぴ》なところだった。身体能力は優れていても、小柄な猫族は、他の種族に攻められないように、ひっそりと暮らしていたのだ。それが徒《あだ》となり、盗賊に狙《ねら》われる結果になってしまった。

「いろんな国があるな。……あれ？　ここは？　町なのかな。国か？　ル……ゴール。ルゴールか」

地図の真ん中より西側にある砂漠地帯に、地名が記されている。砂漠の範囲は広く、小さなオアシスが点在している。そんな中にポツンと比較的大きなオアシスがあり、その上に「ルゴール」と書いてあった。オアシスを拠点とした町か国があるようだ。

「けど、印がないな。ここは行ったことがないのか？」

地図を埋め尽くすほど、キャラバン隊の訪問地が記されているのに、この辺りだけなんの書き込みもされていないのが不思議だった。

「ああ、砂漠が広すぎるだろ？　苦労して行っても、なんの旨味《うまみ》もない土地だからな」

リュエルが指した箇所を見たガガリが言った。

「旨味？　あの砂漠の村みたいにか？」

「そう」

ふうん？　と首を傾げる。

砂漠の村は、リュエルにとっては印象深い土地であっても、商売として考えれば、まったく旨味のない村だ。

「けど、あの村には行って、ここは行かないのか？　なんで？」

確かに砂漠は広いが、オアシスがあるだけマシのような気がする。ガガリキャラバン隊はどんな場所でも商売に行くのが信条なんじゃないのかと、ガガリを見上げても、ガガリは「あの村とは違うから」と、興味なさげに言うだけだ。

「まあそのうち行くかもしんねえけど、今回はなしだな」

「そうか」

隊長のガガリがそう言うなら、従うだけだ。リュエルには分からない、ガガリなりの法則があるのだろう。

「旨味かあ……。旨味ってなんだろ」

「おまえには一生理解できない味だ」

「なんだと！」

ボソリと呟かれたエイセイの言葉に食って掛かっている隙に、ガガリは広げられた地図を畳み、自分の懐に入れていた。


オアシスの町エーレンを出発してから、三月が経った。これまで訪れた土地は、大小合わせて十箇所を超えていた。一泊だけして去った村もあるし、商談のために七日間ほど滞在した街もある。もっとも、移動の途中で野営をした日数のほうが多いのだが。

広大なイルヌール大陸を、四台の馬車で横断していく。砂漠を行くときは、馬車を町に置いたまま、徒歩やラクダで移動することもある。

大河が流れる国では、船にも乗った。生まれて初めての乗船に大はしゃぎをして落っこちそうになり、エイセイにこっぴどく叱《しか》られたのも、今では笑い話だ。

そうして今は、海沿いにある大国、アバル王国を訪れていた。

このアバル王国は、キャラバン隊と非常に縁が深い。以前、軍事国ダンフェールがアバル王国に攻め込む準備をしているという情報を摑み、そのことを国王に進言し、協力したのだ。

装備品や食料の補給を手助けした他、近隣国に軍事協力を呼びかけ、連合国軍を作るために奔走した。そして戦の準備が終わると同時に大陸を駆け抜け、アバル王国側に有利な噂を流していった。

攻略しようと目論《もくろ》んでいたダンフェールは、逆に多国軍から宣戦布告をされることになり、結果はアバル王国軍側が呆気《あっけ》なく勝利した。そのときの戦利品の中に、エイセイの故郷に伝わる「神宿る石」がはめ込まれた宝剣がある。

リュエルは宝玉をなんとか取り返せないかと苦心したが、結局エイセイに止められた。今も宝玉は、アバル王国の宝物庫に収まっているのだろう。

そのような縁を持っているので、キャラバン隊がアバル王国を訪れたときには、盛大に歓迎された。四台目の馬車は、実は褒美として国王から贈られたものだった。敵国ダンフェールはあの当時、大陸屈指の軍を持つ強大国であり、ガガリの働きがなかったら、今、この国はなくなっていただろうからだ。

何故《なぜ》ガガリがそうまでしてアバル王国に肩入れしたのか。その理由は至極単純で、軍事国家のダンフェールよりも、アバル王国のほうが好きだからというものだった。戦争は一時儲《もう》かるが、侵略され失ってしまった文化は取り返しがつかないと。

「商船で賑《にぎ》わう港に軍艦が並ぶ絵面《えづら》を想像してみろ。ゾッとするねえ。ああ、嫌だ嫌だ」

笑いながらそう言ったガガリに、リュエルたちは奔走させられたものだ。

身体も顔の造作も大きなガガリは、その姿に見合って性質も豪快だ。大雑把《おおざっぱ》故にリュエルなどは振り回される羽目になったのだが、結局戦はガガリの目論見通りに大勝利を収め、キャラバン隊も莫大な利益を得た。

リュエルにしてみれば、訳が分からないうちに揉《も》みくちゃにされ、気づいたらすべてが終わっていたという印象しかない。暴風雨のような荒々しさと、それに相反する水面下での静かな計略は、分からないなりに凄《すご》いということだけは理解できた。

気難しいエイセイが、ガガリには絶対の信頼を置いていることも、なんとなく納得できるような気がした。説明なしでも彼に従っていれば上手《うま》くいく。そんな信頼を、ガガリは周りに抱かせるのだ。

ガガリたちの訪れを知ったアバル国王は、今回もキャラバンの滞在先に、貴族しか泊まれない高級宿を用意し、宴会の席も設けた。以前の宴会で、剣舞を舞ったリュエルとエイセイは、今回も同じ催しを所望されている。

当時、一介の行商人が国王に謁見する機会など得られるはずもなく、ガガリとイザドラの働きで、宴会の余興として剣舞を披露し、見事国王の目に留まることに成功したのだ。突然やったことも見たこともない踊りをやれと言われ、掌《てのひら》の豆が潰れるほど特訓させられたのも、いい思い出だ。

そして宴会が催される当日。豪華な衣装に身を包み、リュエルは王宮の広間中央に立っていた。奥の桟敷《さじき》には、王をはじめ、賓客《ひんきゃく》や高官たちが並んでいる。

隣には、リュエルと同じように着飾ったエイセイがいる。リュエルは赤、エイセイは青だ。体格がまるで違う二人だが、呼吸はぴったりだ。これだけは誰にも負けない自信がある。

「行くぞ。いつもと同じだ」

エイセイの声に、緊張がスッと解ける。目を閉じて、始まりを待った。

——大丈夫。すぐ側にエイセイがいるから。

重厚な音楽が鳴り響き、リュエルは剣の柄《つか》に手を添える。膝を折り、低く構えながらゆっくりと剣を抜いた。出だしの音色は荘厳で重々しく、重力に抗《あらが》うようにゆっくりと、しかし力強く腕を振る。隣にいるはずのエイセイの姿は見えないが、リュエルと同じ動きをしているのが感じられた。

曲が徐々に速さを増し、舞いも激しくなっていく。下から上へと剣を薙《な》ぎ払うと、ヒュ、と風が鳴った。片足を軸にして高速で回転しながら剣を払う。エイセイの振るった剣が目の前に現れ、リュエルは柔らかくそれを受け止めた。カチン、カチン、と剣が触れ合う音が曲と共に響く。すれ違いざまにエイセイの顔が見え、すぐにその姿が消えた。目が合った瞬間、エイセイが笑ったような気がしたが、確かめる間もなく背中合わせとなった。

静かに始まった音楽は、今や激しい曲調に変わっている。夢中で舞っているうちに、あの瞬間がやってきた。

ザザン、ザザン……と、波の音が耳に響く。エイセイもきっとリュエルの風を感じていることだろう。目を合わさず、合図がなくても、エイセイの動きが分かる。完全に一対となった感覚に、恍惚《こうこつ》となる。

ずっとこうして夢幻の世界に浸っていたい。けれど生身のエイセイにすぐにも逢いたい。矛盾した願望がせめぎ合い、その気持ちを素直に剣に載せた。

ほんの刹那とも、永遠とも感じられる時間が過ぎ、やがて始まりと同じように、静かに曲が終わりを告げる。リュエルは剣を上段に構えた姿勢のまま、ピタリと動作を止めた。

「……おお。おお、見事な舞いであった。そちらの獣人よ。さあ、近う寄れ」

拍手と共にそんな声が響き、リュエルは夢から覚めたような面持ちで、目の前に鎮座する国王に視線を向けた。望まれた通りに、足を進め、王の前に跪《ひざまず》く。

酌《しゃく》を望まれるリュエルに、エイセイがチラリと視線を送ってきた。心配してくれるのは分かるが、リュエルだってこういった場は初めてではない。これまでも多くの接待を経験してきたのだ。言葉遣いもちゃんと覚えた。

リュエルはエイセイに向かって小さく頷くと、請われるまま膝を進め、王の持つ盃《さかずき》に酒を注《つ》いだ。

「其方《そのほう》は以前も朕《ちん》の前で舞ったな。あの頃より技が洗練されておる。力強く、それでいて優雅な舞いは実に見応《みごた》えがあった。そしてその姿。……美しいな」

アバル王が目を細め、自分の持つ盃をリュエルに渡した。「どうも」と頭を下げ、王に酒を注いでもらうと、ざわりと周りがどよめいた。

……なんかまずかった？　え？　でも何も失礼はしていないよな？　王様笑っているし。

「ええと。……お褒めいただき、きょうえつしごくにぞんじます」

たどたどしく礼を言い、満たされた盃をグイと呷《あお》る。ぷは、と息を吐きそうになるのを根性で抑え、空になった盃を「王様もどうぞ」と返したら、周りがまたざわめいた。

本当に全然分からない。エイセイが額に手を当てて俯《うつむ》くのを横目で見ながら、酒を注いだ。

王は上機嫌でリュエルの酌を受けているから、きっと大丈夫だと、引きつりながらも笑顔を作る。

「さて、見事な舞いを披露した其方に褒美を取らそう。何がよいか？　以前は宝剣が欲しいと申しておったが、また同じ物を望むのか？」

前も褒美をやると言われ、エイセイの故郷の宝玉が埋められた剣が欲しいと言った。王を説得してみせろと言われ、奥室に招かれたのだが、そこへ行く前にエイセイに担がれて宮殿から出てしまった経緯がある。あのときしこたま怒られ、二度とそんなことをするなと凄まれ、酷い目に遭った。だからもう同じ要望はできない。

「……あー、宝剣はなんかもういいかな、っていう感じで、ございます」

「そうか。では何を望む。できる限り叶《かな》えてしんぜよう」

王にそう言われ、んー、と首を傾げながら考える。

欲しいものはたくさんあるようで、だけどさあ望めと言われると何も思い浮かばない。

「特にないかな……、でございます。おれの……いや、わたしの舞いで王様が喜んでくれたのが、なによりの褒美なのでございます」

リュエルの返事に、アバル王は「ほう」と目を見張り、満面の笑みを浮かべた。

「嬉しいことを言ってくれる。ああ、そう畏《かしこ》まるでない。もそっと近う寄れ」

向かい合って盃を交わしている態勢から、王の隣に呼ばれた。エイセイを見ると、眉間にもの凄い皺《しわ》を寄せているが、王の命令は拒めないので、恐る恐る王の隣に侍《はべ》る。

隣り合って座る王に酌をした。王は大変ご満悦な様子で盃を呷る。

「実に美しい毛並みよのう。撫《な》でてもよいか？」

「あ、え……」

リュエルが返事をする前に、王が頭の上に手を乗せてきた。気が動転してあうあうしている隙に、「よい手触りだ」と、王が手を動かす。

「うなじの先まで毛並みが伸びているのだな。さて、これはどこまで続いているのか。ずっと下のほうまでか？」

「あ、ええと、肩ぐらいまで、でございます。んーと、その先はちょっと……で、ございます。ていうか、やめ……て、ございます！」

好色な色を浮かべ、王の掌が衣装の奥まで入ろうとするのを、首を竦《すく》めて拒む。王の後ろに控えている家臣の男が、凄い目で睨んでくるが、これ以上は触らせられない。

「はは。初心《うぶ》な反応がまた可愛《かわい》らしい。朕のほうが褒美をもらっているようだな」

さすり、さすりと後頭部を撫で、ヒュッとうなじに滑っていこうとする動きをさりげなく阻止する。

「王様、ほら、お酒をどうぞ」

動きを封じようと酒を勧めるリュエルと、衣装の奥に手を入れようとする王との攻防が繰り広げられる。

「あの、……王様、ええと、これ以上はちょっと……困るでございます」

「陛下。子ども相手のからかいは、そろそろ勘弁してやってくださいまし」

王の手の動きが強引になり、対処に困ってワタワタしていると、スッと、イザドラがやってきて、リュエルとは逆側の隣に腰を下ろした。リュエルの手から酒瓶を取り上げ、目の前に掲げながら妖艶な笑みを浮かべている。

「おお、イザドラか。いや、この猫がなかなか可愛らしい反応を見せるのでな、つい興が乗ってしまった」

イザドラの乱入に、王は機嫌を損ねることもなく、鷹揚《おうよう》に盃を受けた。

「先日、この者と同じ種族の愛玩品を自慢されたのでな、朕も侍らせてみたかったのだ」

思いがけないアバル王の言葉に、リュエルは弾けるように顔を上げた。

「同じ……種族？　おれと同じ猫族？」

「ああ。お前と同じように、美しい毛並みをしているそうだよ。舞いは舞えないようだが」

「どこの人……でございますか？　本当に猫族？　この国にいる？」

「リュエル、控えなさい」

王に詰め寄ろうとして、イザドラに止められた。これ以上しつこく聞くと、きっと不敬となり、罰せられるのだろう。

ハッとして身を引くリュエルに、イザドラは僅かに顎を引き、それから艶《つや》やかな声で「陛下」と、盃をねだった。しなだれかかるイザドラの仕草に、王はリュエルへの興味を失い、そちらに顔を向けている。

王の後ろにいる家臣に、視線で「下がれ」と命じられ、リュエルはすごすごと御前から退いた。ガガリとエイセイがいるところまで下がり、シュンと項垂《うなだ》れる。

「おれ、失敗しちゃった……」

リュエルと同じ猫族の消息を聞き、つい立場を忘れてしまった。イザドラが割って入らなければ、とんでもない不敬を働いてしまっただろう。

「上出来だ。よく我慢した」

ガガリが慰めてくれるが、動揺は収まらない。

「おれと同じだって。村の誰かなのかな？　どこにいるんだろう。頼んだら会わせてくれるかな」

できることなら今すぐ王の前に引き返し、仲間の居場所を問いただしたい。

「リュエル、焦るな。あとはイザドラが上手く聞き出してくれるから」

「王様、教えてくれるかな。だいぶ酒飲んでたし」

不安があとからあとから湧いてきて、落ち着かない。

「大丈夫だ。あのイザドラだぞ？　おまえなんかよりよっぽど上手く聞き出してくれるさ」

「うん……」

「さあ、宴《うたげ》はまだ終わりじゃない。気が気じゃないだろうが、あと少し踏ん張れ」

「おまえは今、このキャラバンの看板なんだ。甘えている場合ではないぞ」

ガガリのあとに続いたエイセイの声に、「分かってる」と、硬い声で答える。

舞いの披露も王への挨拶も終わったが、宴会は続いている。気掛かりがあるからそっとしておいてほしいなんて絶対に言えない状況だとは、リュエルにだって分かっている。

それからは、王以外の賓客や高位の官吏などに呼ばれるまま、リュエルは宴席を渡り歩いた。酒を勧めながらチラチラと上座に目を向けると、キッチリと王の隣を確保したイザドラが、華やかな声を上げながら、王から盃を賜っているところだった。

宮殿を辞して、リュエルたちは宿に戻っていた。

食堂を覗き、留守番組の連中を探してみたが、誰の姿もなかった。

王宮に呼ばれたのは、剣舞を舞うリュエルとエイセイ、接待要員のガガリとイザドラだ。荷物持ち兼護衛として、あと二人が付き添っていたが、他の者は宿に残っていたのだ。

参加していない連中にも王宮から高級酒が振る舞われていたから、こっちで宴会を催しているはずだが、どうやら食堂ではなく、誰かの部屋に集まっているようだ。お貴族様御用達の宿は、一部屋が城下の一軒家よりも広い。

ガガリたちに挨拶をして、リュエルとエイセイも二人に宛《あて》がわれた部屋に戻ってきた。以前と同じ部屋は、やはりだだっ広くて、調度品も相変わらず豪華だ。

扉を閉め、リュエルは大きな溜《た》め息《いき》を吐く。

王宮から出てすぐにイザドラに詰め寄ったが、詳細を教えてもらえなかった。元女盗賊のイザドラでも、国王の接待は消耗が激しかったらしく、酔いもあるから無理だと断られた。まずはガガリと相談し、情報を纏《まと》めてから話すと言われた。何より今のリュエルの状態では、考えなしに飛び出しそうだと言われると、引き下がるしかない。

「明日にはきっと詳細を知らせてくれるだろう。焦るな。ほんの一晩のことだろう」

部屋に入ってすぐにエイセイがそう言って、リュエルが抱えていた装飾用の剣を取り上げた。自分のものと一緒に、荷物を置く棚に納めてくれる。

「イザドラの言ったことは間違っていない。今のおまえは誰が見ても危なっかしい」

「分かってる……」

王宮でのリュエルの振る舞いは、相当酷かったと自覚している。

仲間の消息が分かるかもしれないという情報を不意に知らされ、取り乱してしまった。言葉遣いもめちゃくちゃで、いくら王に気に入られていたとしても、あの状態が続いていたら、首を刎《は》ねられていたかもしれない。

「おれがもっとちゃんとできてたら、あの場で聞けたかもしれないのに」

乱暴に詰め寄るのではなく、ガガリやイザドラがするように、さりげなく情報を聞き出せていたらと思うと、悔しくて仕方がなかった。行商の下働きの仕事にも慣れ、字も教えてもらい、少しずついろんなことができるようになってきたのに、駆け引きとなるとまるで歯が立たない。

なんでもっとちゃんとできなかったんだろう。イザドラにもガガリにもエイセイにも、いろいろ教えてもらっているのに、いざとなると全部忘れた。情けなさすぎて溜め息しか出ない。こんな機会はもうこないかもしれないのに。

後悔の念に苛《さいな》まれているリュエルの手を、エイセイが握った。いつものような強引さはなく、柔らかい力で腕を引かれ、寝台に連れていかれる。「座れ」と言われて素直に従うと、エイセイは握った手を離さないまま、リュエルの隣に腰を下ろした。

「おまえの気持ちは分かる。……俺も同じだったからな」

故郷の仲間を探し続けた経験は、エイセイにもある。その辛《つら》く長い旅は、リュエルよりもずっと過酷なもので、その思いを知っているエイセイは、リュエルの頭に手を乗せ、優しい声を出す。

「今まで一つも得られなかった手掛かりが摑めたのだ。おまえが焦るのも分かる。ガガリもイザドラもちゃんと分かっている。だから一旦《いったん》時間を置いたんだと思う」

「……うん」

「ガガリに任せておけばいい。あいつならきっと悪いようにはしないから」

「うん」

頭を撫でる手の動きは優しくて、握ってくれる掌が温かい。焦燥と後悔でいっぱいになっていた気持ちが、ゆっくりと溶かされていく。

「宴席での振る舞いはともかく、舞いは上手くいった」

「うん。おれもそう思う」

「会心の出来に近かった」

普段は滅多に聞くことのないエイセイの褒め言葉に、自然と頰が緩む。リュエルの気持ちを思いやり、慰めてくれるのが嬉しかった。怒鳴ったり突き放したりするのはいつものことだけど、そんなときでもリュエルのことを気にかけていることはちゃんと知っている。

こんなふうに分かりやすく優しいエイセイは珍しく、リュエルは「えへへ」と、思わず笑みを零《こぼ》す。

「立ち直りが早いな。流石《さすが》に単純だ」

喜んだ途端にいつものエイセイに戻ってしまった。けれどエイセイの手は未《いま》だにリュエルを慰めている。

「エイセイが珍しく優しいから、ニセモノじゃないかと疑っただけだ」

リュエルも負けじと切り返すと、「……ほう」と不穏な声を出したエイセイに、頭の毛を掴まれた。

「いてっ！　痛ぇよ。急に何すんだよ」

壊れ物に触るように優しく撫でてくれていたのに、急に乱暴になる。掴んで引っ張ったあとには、強い力でザリザリと猫っ毛の髪を梳《す》いてきた。

「やめろよ。なんだよ。痛いってば。毛が抜けるだろ……って、禿《は》げるから！」

頭を振って回避しようとしても、追い掛けてきてまた頭を梳いてくる。

「宮殿では王に随分と触らせていたな」

いつも不機嫌そうなエイセイの声だが、今は本当に気分を害しているらしい。こういうときのエイセイは、とても質《たち》が悪くなるからリュエルは焦った。

「だって、だって、王様の命令だもの、断れないだろ？」

「上手く避ける方法はあったはずだ。イザドラなんかいつもそうやって優位に持っていくだろうが」

「そんな芸当おれには無理だよ。……あ、あ、手、駄目駄目」

　さっきの王様のように、うなじに手を這《は》わせてくる。尻尾が一番敏感な部分だが、うなじもリュエルの弱点なのに。

「駄目だってば。そこ弱いんだから」

「そんな弱いところを触らせたんだな」

「ちゃんと拒んだし、我慢したし！」

「我慢したのか。気持ちよかったってことだな」

　低い声で聞かれ、う、と詰まる。王様にここを撫でられて、ぞわりと毛が逆立ったのは確かだ。でも仕方がないじゃないかと思う。ここはリュエルの弱点なのだから。

「だって……っ」

「言い訳をするな」

「……やきもちか？」

　リュエルの言葉にエイセイの手が止まった。自負心の強いエイセイには、この手の攻撃が効果的なようだ。

「俺がそんなものをやくか」

案の定、目つきを鋭くして、エイセイが否定した。

「ただ、余所者《よそもの》に触らせたのが面白くないだけだ」

そう言って、ずっとリュエルの手を握っていたもう片方の腕で引き倒される。

「それってやきもちじゃないか！」

抵抗する間もなく寝台に俯《うつぶ》したリュエルのうなじにエイセイが噛みついた。

「……っ、んん、にーぅ」

ガップリと噛まれて悲鳴が飛び出す。噛み千切るほどではないが、歯形が残るくらいの強さの噛みつきに、身体がぶるりと震えた。うなじを押さえ込まれた反動で腰が高く上がってしまう。突然の刺激に緩んだ尻尾がうねうねとなびき、エイセイの腕に絡みつく。

「反省していないな？」

「してるけど……っ、勝手にこうなるんだもの。っていうか、なんで反省？　おれ、何も悪くない」

「やっぱり反省していない」

「あ、あっ……」

もう訳が分からない。強く噛まれたうなじを今度は甘噛みされている。温かい息がかかり、次にはジュッと吸われてますます腰が高く上がった。

襟元《えりもと》を広げたエイセイの手が胸の上を這ってくる。下半身がズクズクと疼《うず》いた。ここも触ってほしいと願ってしまう。

「エイセイ、エイセ……イ、脱がして、衣装脱ぎたい」

このまま揉みくちゃにされると、せっかくの衣装が皺になってしまう。何よりも早く開放され、直《じか》に触ってほしかった。

「随分と積極的だな」

後ろから聞こえる声が笑っている。悔しくて、そんなことはないと否定をしたくても、絶対に信じてもらえない。何故ならエイセイの腕に絡みついた尻尾が勝手に蠢《うごめ》き、早く欲しいとエイセイの頰を撫でているのだから。

宿のこの部屋は、一年前にエイセイと初めて身体を重ねた場所だった。

だからここにやってきたとき、期待をしたのは嘘じゃない。キャラバンでは常に大勢での行動で、宿も大概四人部屋だ。だからこんなふうに二人っきりになれる機会はとても少ない。

エイセイの唐突で乱暴な行為も、リュエルと同じ気持ちからくるものだと信じたかった。だってリュエルの肌に触れる掌はとても熱く、うなじに掛かる息が荒く、甘い。

「エイセイ。……早く」

もう取り繕っている余裕もなく、エイセイにねだる。前に回ってきた手で下衣を脱がそうとするが、尻尾が邪魔をして上手く脱がせない。

「尾を退《ど》けてくれ」

「無理」

エイセイの腕にガッチリ絡まった尻尾は自分の意思では外せない。

「エイセイ、エイセイ……」

「リュエル、落ち着け」

昂《たかぶ》りに翻弄《ほんろう》されているリュエルを、エイセイが宥める。身体を起こされ、向かい合わせに座らされた。顔を覗かれ、軽く口づけられる。

「ん……」

離れていく唇を追い掛け、エイセイの首に腕を回し引き寄せる。

「……逆効果だったか」

宥めて外そうとした尻尾は、今の行為でますます興奮し、エイセイの腕を離さない。上衣ははだけ、下衣も半分脱げかけたあられもない恰好《かっこう》だ。尻尾のせいで自由の利かない出《い》で立ちなのに、当の尻尾は嬉しそうに揺らめいて、エイセイの頬を撫でている。

「困ったな」

苦笑したエイセイが、リュエルの尻尾の先を摑み、さっきうなじにしたように甘噛みした。

「ん、ん……」

舐められ、口に含まれ、優しく撫でられると、そのたびにビクビクと身体が震える。

「緩んできた」

ゆっくりと丁寧に愛撫《あいぶ》されているうちに、巻き付いていた尻尾の力が抜けてきた。エイセイは急ぐことなく、リュエルの尻尾を優しく宥めてくれる。最後には緩みきった尻尾の根元をそっと摑み、扱《しご》くように動かしていき、ようやく外すことに成功した。

再び巻き付かれる前に、エイセイがリュエルの衣装を脱がしていく。リュエルもエイセイを手伝って、腰を浮かせて下衣を足から抜いてもらった。尻尾がまた勝手をしないように、両手で抱き締めてエイセイを待つ。そんなリュエルの様子にエイセイは笑い、自分の着物を脱いでいった。

すべてを脱ぎ去ったエイセイが、寝台に仰向《あおむ》けに寝るリュエルの上に被《かぶ》さってきた。人族の中でも長身なエイセイが、小柄なリュエルの上に被さると、スッポリとすべてを覆われてしまう。圧迫感はあるが、この中にいるととても安心する。エイセイの唇が降りてきた。リュエルは目を閉じて、それを迎えた。

柔らかいものが当たり、何度も啄《ついば》まれる。不意に忍び込んできた舌先が口内を撫でてきて、軽く吸われた。チュ、と僅かな水音が立つ。

口づけを交わしながら、今まで大人しくしていたリュエルの尻尾が再び蠢きだし、エイセイの腕に絡みついた。嬉しそうに巻き付き、先端を伸ばしてエイセイの顔を撫でている。

「こっちは素直だな」

「尻尾は別の人格だからな」

「そうか」

エイセイが笑い、尻尾を撫でてくれた。唇と尻尾を同時に可愛がられ、両方で喜ぶ。腕を伸ばし、エイセイの首にリュエルも絡みついた。雁字搦《がんじがら》めになっても、身体の大きいエイセイにはまるで負担にならないようで、リュエルと尻尾の両方とも受け容れてくれる。

唇が離れていき、次にはリュエルの耳に行き着いた。いつも感じることだが、エイセイはリュエルの耳がとてもお気に入りのようだ。指摘すると絶対に否定をするだろうから、言わないようにしている。

リュエルに引き寄せられたエイセイの身体が降りてきて、ピッタリと密着するように重なった。湿り気のある肌が吸い付くようで心地好い。

うなじを噛まれたときからずっと疼き続けていた下半身を擦《こす》りつけ、はしたなく腰を揺らす。からかわれるかなと思ったが、エイセイは目を細めたまま、リュエルの好きなようにさせてくれた。

「ん……ん、エイセイ……気持ちいい」

既に育ちきったリュエルの雄芯は、エイセイの肌に触れながら蜜《みつ》を零していた。もっと密着させたくて腰を浮かせたら、エイセイのほうからも押しつけてきた。

「あ、あ……ん、んんぅ……」

クチュクチュと水音が立ち、二人で腰を押し付け合い、身体を揺らす。エイセイのそれはとても大きくて、だけどリュエルと同じように濡れているのが嬉しかった。

しばらくお互いの肌を味わいながら揺れていたが、やがてエイセイが身体を起こした。リュエルの尻尾を腕に巻き付けたまま、足首を摑み、大きく広げていく。

お互いの蜜液で濡らされたエイセイの指が、後孔に入ってくる。

「んっ……」

何度経験しても慣れない衝撃に、喉を詰めてやり過ごそうと努力する。そんなリュエルを労《いたわ》るように、エイセイが頬を撫でてくれた。お礼をするようにリュエルの尻尾も、エイセイの頬を撫でている。

たっぷりと時間を掛け、エイセイが準備を施す。

「もう大丈夫」

焦《じ》れたリュエルが訴えても、エイセイは「黙ってろ」と聞いてくれない。

恥ずかしさと違和感に苦しみながら、すべてをエイセイに任せているうちに、ぼう、と頭に靄《もや》がかかってきた。初めの衝撃はすでになく、身体の内側に新しい疼きが生まれた頃、エイセイが静かに指を抜いた。

「終わった？」

リュエルの問い掛けにエイセイが苦笑し、答えをくれないまま、リュエルの足を摑んだ。

膝裏に手を当てられ、グイと押されると、腰が浮き上がり、後ろが露《あら》わになった。恥ずかしい思いと、これから与えられる期待に、ブル、と身体が震えた。

エイセイの切っ先が後ろの蕾《つぼみ》に当てられる。

「あ……」

小さく声を上げたら、それを待っていたように、エイセイの獰猛《どうもう》な雄芯がリュエルの中に入ってきた。

襞《ひだ》が捲《めく》られる感覚に顎が跳ね上がる。「く……っ」と声を上げたのが自分なのか、エイセイなのか分からなかった。

懸命に息を整えているリュエルを、エイセイが見下ろしていた。眉根を寄せた表情が苦しそうだ。尻尾もそう思ったのか、エイセイの眉間をスリスリと撫でた。きつい顔がフッと緩み、エイセイの口端が僅かに上がる。

「……動くぞ」

リュエルが落ち着くのを待っていたらしいエイセイがそう言って、ゆっくりと腰を揺らし始めた。僅かに引いて、グイと押しつける仕草を繰り返しながら、徐々にその速さを増していく。

動くたびに形を変える腕や腹の筋が綺麗《きれい》だ。触りたくなって腕を伸ばしたら、エイセイが身体を沈めてきて、触りやすいようにしてくれた。腕も肩も脇腹も肉が硬い。自分とは全然

違う肉体が羨《うらや》ましいと思った。けれど猫族の血が入ったリュエルは、こんなふうにはなれないし、エイセイの気に入りの柔らかい肌や滑《なめ》らかな毛並みもなくなると考えれば、やっぱり自分はこのままがいいと思い直した。

リュエルの両膝を腕に引っ掛けるようにして、エイセイが激しく腰を送ってくる。襞が捲れるような感覚がだんだん麻痺《まひ》してきて、気持ちよさが上回ってきた。

「あ、あ……、エイセイ、そこ……ぁ」

リュエルの声に反応したエイセイが、同じ動きを繰り返す。そこを穿《うが》たれると、目の前に火花が散った。

朦朧《もうろう》としながら、上にいる男を見上げる。荒々しい呼吸を繰り返しながら、エイセイも声を上げていた。

ずり上がっていく身体を引き留められ、ガッシリと捉《つか》まえられた。リュエルの小さな身体を抱き込みながら、エイセイが強く穿ってくる。守っているような、縋《すが》っているようなエイセイの仕草に、リュエルは両腕を伸ばし、自分のほうからも抱きついた。

「エイセイ、……」

身体の中で熱の固まりがうねり、出口を求めて暴れている。さっきまで赤く点滅していた火花が白くなり、膨張した熱が弾けそうだ。

「エ、イセイ、あっ、あっ、な、んか、……くる、ああ、あっ……」

「そうか」

押されるように声が迸《ほとばし》った。より強く穿たれて、とうとう頂きに到達する。

「あっ、ああ、あぁあ……っ、っ、……あ――っ」

大きく仰《の》け反《ぞ》り、精を放つ。リュエルが達するのを見届けたエイセイが、より激しく律動を始めた。

「待っ……て、まだ、イ……ッて、ああ、駄目……、エイセ……ッ、ひ、ひぁ……あ」

吐精の余韻に浸る間も与えられず、再び激流に投げ出されたリュエルは、必死にエイセイに助けを求めた。果てたはずの疼きがより大きく渦巻いて、上下左右の感覚もなくなり、リュエルは摑まるものを探して腕を彷徨《さまよ》わせた。

「リュエル」

ここにいると教えるようにエイセイが名を呼び、リュエルは差し出された身体に必死に取り縋る。

大波が再びリュエルを襲った。嬌声《きょうせい》を上げながら、リュエルは激流に身を任せ、何度もエイセイの名を呼び続けた。

「よし、じゃあ旅程を変更するぞ。次に向かうのはここ、ジブラルだ」

テーブルに広げられた地図に目を落としながら、ガガリの声を聞いた。

皆が集まっているのは豪華な調度品に囲まれた一室だ。彫刻の施された大きなテーブルに、使い込まれて色が滲《にじ》んだ地図が広げられている。アバル王が用意してくれた高級宿の食堂は、あくまで食事や歓談をする場所なので、わざわざ会合用の部屋を借りたのだった。

宮殿に招かれて剣舞を舞った日から二日が経った昼過ぎだ。

リュエルの仲間を所有しているかもしれない人物の所在を、イザドラはきっちりと聞き出してくれていた。今ガガリが告げた先、ジブラルという鉱業都市だ。そこにリュエルの仲間がいるかもしれないのだ。

そこからガガリが更に情報を集め、今後どう行動するのが一番効率的かを考え、旅程を組んでくれた。

「都市といっても名ばかりで、まだ体裁も整っていない状態だ。以前は川沿いに集落を作って農業をやっていたのが、この辺に鉱脈が見つかったんだとよ。安定した採掘ができるようになったのはつい最近だから、これから発展させていく算段ってところだ」

ガガリが指す場所を皆で見つめる。今いるアバル王国から内陸に向けて東に進んだ場所だ。距離はそう遠くなく、馬車なら四、五日というところか。

以前キャラバンが滞在したらしい印も付いているが、鉱脈がある辺りは無印だ。本当に出来たてほやほやのようだ。

イザドラが得た情報では、リュエルが知りたかった人物は、その鉱脈の採掘権を持つ一人なのだという。元々は川沿いにある農地を持つ地主で、鉱脈採掘の利権を手に入れた。アバル王には、採掘のための融資と、後ろ盾を求めて謁見を申し入れたのだそうだ。その接待の席で、自分の所有する愛玩奴隷の自慢話をしたらしい。

奴隷本人を連れてきてのことではなかったので、真実かどうかはアバル王には分からない。毛並みの美しい猫科の獣人だというだけで、純粋な猫族かどうかも定かではなかった。

イザドラが持って帰った情報はそこまでで、信憑性《しんぴょうせい》としてはとても心許《こころもと》ない。リュエルは期待をしていただけに、だいぶ落胆した。

そんなあやふやな情報でも、ガガリは確かめに行こうと言ってくれた。予定を変更し、急遽《きゅうきょ》ジブラルに向かうことを決定したのだ。

ガガリの決断に、リュエルはもちろん喜び、感謝した。けれど、同時に申し訳ないという気持ちにもなってしまう。

仲間を探したいというのは、リュエルの個人的な我儘《わがまま》だ。そこに行けば必ず見つかるというわけでもない。そんな不確かな情報を頼りに、キャラバン隊を動かしてもいいのかという思いに駆られ、リュエルは小さくなって俯いた。

「おい、こら、リュエル。辛気《しんき》くさい顔してんじゃねえぞ。おまえらしくもない」

ガガリの檄《げき》が飛び、けれどすぐには浮上できない。

「行くって決めたのは俺だ。商機だと思ったから行くんだよ。おまえの事情がなくてもな」

「そうなのか？」

恐る恐る顔を上げると、ガガリが「当たり前だ」と胸を張った。

「これから発展するかもしれねえ新規の地域だ。早いうちに顔繫ぎしとけば他所《よそ》を出し抜ける。いち早く情報を得られてよかったと思ってんだぞ」

「そうか」

「そのついでにおまえの故郷の仲間の消息が得られたら、両得だろうが」

「ついで……」

「ああ。ついでだ、ついで。おまえが気にすることなんか何もない」

キャラバンとしては新しい商機を得られ、リュエルは仲間の消息が分かるかもしれない。誰も損をしないと、ガガリはニッカリと笑う。

「もし、その獣人の奴隷が、おまえの知り合いじゃなかったとしても、確かめたことで気が済むだろう？」

「……うん」

違うなら違うで諦めもつく。けれど確信がなければ、きっといつまでもそのことに囚《とら》われるだろう。このままでいたら、一人ででも確かめに行きたいという衝動に駆られ、苦しむかもしれない。キャラバン内では仲間として自由にさせてもらっているが、リュエルは元々ガガリに買われた奴隷なのだ。

「ああ、それから、おまえ、ここに奴隷として買われたってんで、身分を気にしているかもしれねえけど、それ、もう無効になっているからな。おまえはもう奴隷じゃねえ」

心を見透かしたようなガガリの言葉に、リュエルは「えっ！」と、素っ頓狂《すとんきょう》な声を上げた。

そんなリュエルの反応に、ガガリは「あー、やっぱり気にしていたか」と、カラカラと笑った。

「ガガリ、そういうことはもっと前に言っといてやれ」

あまりのことに衝撃を受けていると、エイセイが呆れたように溜め息を吐き、ガガリに言った。

「そうだよな。いつでも言えるからと思って、まあ、……忘れてた」

「またかよ！」

大事なことを説明されず、いろいろと悩まされたのは初めてではない。以前も「忘れてた」「誰かが説明したと思った」という軽い釈明で終わらせられたことがある。

「普通は三年から五年、借金や経歴によっちゃあ十年以上っていうのもあるが、だいたいがそんぐらいで年季が明けるもんだ。その点、おまえは随分早く済んだな」

「そうなのか……」

それは、リュエルの働きがよかったということかと考える。キャラバンで働くようになり、小遣い程度ではあったが、賃金ももらっていた。その上で年季が明けるほど稼いでいたというのなら、それはとても嬉しい誤算だった。

「ほら、おまえ投げ売りされてただろ？　相場よりグンと安かったから」

「えっ」

もう奴隷じゃないと知らされたときよりも大きな衝撃に、リュエルは驚きの声を上げたまま、固まってしまった。

「そりゃおまえ、バザールの端っこの地べたに並べられてたんだぞ？　高額な訳ねえじゃねえか。それにあの奴隷商とは顔馴染《なじ》みだ。安《や》っすい上に、だいぶ値切ったからな。まあここだよ、ここ」

と、ガガリは自分の腕を叩いて買い物上手の自慢をする。

なんだかいろいろと気が抜けて、リュエルは、はあ……と、大きな溜め息を吐いた。納得しきれない部分もあるが、もう自分は奴隷ではないという事実は消えないから、まあいいかと自分を納得させる。

「だからおまえは何に対しても、引け目なんか感じる必要はねえんだ。それは最初から言ってたことだけどな」

ガガリの言葉にコックリと頷いた。このキャラバン隊に受け容れられた当初から、仲間だ、対等だとずっと言われ続けた。実際ここで働いていて、理不尽な目にも、不平等だと感じる場面にも一度として遭ったことがない。

そんな恵まれた環境にいながら、けれどもいつだって心の奥で、自分は奴隷なのだからと遠慮する気持ちがあったのは事実だ。もっと役に立たなければと気負っていたのは、そうしないと見捨てられるかもしれないという、そんな心情があったからかもしれない。

故郷を失い、奴隷としてたらい回しにされ続けた。自業自得の部分はあったが、拠《よ》り所のない環境は、いつでも焦燥と不安がつきまとった。

このキャラバン隊は、リュエルがやっと見つけた安住の地だ。役立たずの烙印《らくいん》を押され、見捨てられることを恐れ、常に気を張っていたのだと、今になって思う。

「もうおまえは自由だ。なんならここを脱退することだってできるんだぞ。まあ、許さねえけどな！」

豪快に笑いながらガガリが言い、リュエルも「そんな気ない」と笑顔で答えた。

ガガリの言葉がじわじわと胸に染み込んでくる。ああ、自分は本当に自由なんだと、実感すると共に、叫び出したいぐらいの歓喜に包まれた。

「ガガリさ、そういう大事なことはちゃんとしとかないと」

普段は滅多に発言しないイザドラが、厳しい声を出した。いつものように自分の爪の手入れをしながら、ガガリを睨んでいる。今日の爪の色は金色だった。

「リュエルの顔を見てごらんよ。あんたの怠慢がなけりゃ、もっと早くにこうなってたんだ。

謝りな！」

イザドラに怒られて、ガガリが頭を掻《か》きながら「悪かった」と言い、リュエルは慌てて首を横に振った。

「だよな！　まあ、気にすんな」

すぐに気を取り直したガガリを見ると、少しは気にしろよと思ったが、まあ、ガガリだから仕方がないなと諦めた。こういう人なのだから仕方がない。ガガリがこんなだから、リュエルはここにいることができているともいえる。

結局いつ知らされてもなんの影響も変化もないのだ。それが昨日でも明日でも、たとえ一月後だったとしても、ここの連中の態度は変わりなかったのだから。

「じゃあスッキリしたところで、具体的な話をするぞ」

ガガリが仕切り直しとばかりに、声音を変えて話の続きに戻る。リュエルも気持ちを切り替えて、広げられた地図に目を落とした。

「……あんまり責めてやるな。あいつの大雑把はきっと直らない」

隣にいたエイセイが、リュエルにだけ聞こえる声でそう言った。

「先に手を回して、本当にリュエルの仲間かどうか調べてからのほうがいいっていう意見もあったんだ。違っていたら落胆も大きいだろうからってな。でもガガリが本人に確認させたほうがいいと言って、この旅程を決めた」

「そうだったんだ」

人づてに伝えられたら、頭で納得はしても、どこかで未練が残るからと、ガガリが言ったそうだ。

「どっちもおまえのことを考えて言ってくれた」

「うん……」

最初の意見はイザドラで、今ガガリを叱ってくれたように、リュエルのことを気づかってくれたのだと分かる。リュエルは下を向きながら、つい口元が緩んでしまうのを我慢した。

「で、出発は二日後と思っているんだが、みんなはどうだ？」

エイセイとひそひそ話をしているあいだも、今後の方針が話し合われていく。

「あ、できれば三日後にしてくれると有り難いんだが」

宿の部屋割りでよく一緒になるアジェロが手を上げた。

「なんだ？　一日延ばしで片付く案件か。仕入れか？」

「いや、行きつけの娼館《しょうかん》があってよ。贔屓《ひいき》のアンナちゃんが店に入るのが明後日《あさって》なんだよ」

ヘラヘラと出発の日延べを願い出るアジェロに、周りが呆れた顔をし、ガガリが厳しい顔をして、「そりゃあ……大事な案件だな」と、アジェロの要望を聞き入れた。

すんなりと出発日が決まり、それまでやっておくことと、ジブラルに着いてからのこと、またその先の予定なんかを話し合っていく。

「ああそういえば、ドゥーリ、おまえさんの故郷、この先の山だろ？　ジブラルに着いたら、単独で足延ばすか？」

「あー、そういや、こっち側に行くのも久し振りだったか」

熊族のドゥーリの故郷はあの辺だったらしい。本人ののんびりした様子にガガリが苦笑している。

「自分の故郷だろうが。おまえに任せる。今すぐでなくても、気が向いたらいつでも言ってくれ。人数も増えたし、けっこう余裕があるから」

常に移動するキャラバン隊だから、機会があれば、数日間の離脱ぐらいは許されている。リュエルが加わってからの一年半のあいだにも、何人か自分の生まれ故郷に寄り、家族や友人に会いに行っていた。大陸は広大で、誰も彼もが希望した土地に行けるわけではないし、リュエルやエイセイのように、既に故郷がなくなっている者もいる。それでも頼めばガガリは気軽に休暇を与えてくれるだろう。

本当に寛大な仕事場だなと改めて感心しながら、ふと、そういえばガガリの故郷ってどこなんだろう、聞いたことがないなと、リュエルはそんなことを思った。


川の向こう側にそびえる山の風景を眺めていた。

なだらかな稜線《りょうせん》を持つその山はそれほど高くもなく、赤茶けた山肌が靄に溶け込み、蜃《しん》気楼《きろう》のように薄《うっす》らとその姿を映している。あの辺りが、最近鉱脈が見つかった土地で、新しくラオブールという名がついたという。

後ろを振り返れば、農地が広がっている。川の上流に向けて民家の数が増えていき、ジブラルの町が形成されていた。川の恵みを受けた土は肥沃で、全体的に裕福な町のようだ。

「そろそろ出発する。馬の準備を頼む」

川沿いの開けた場所に馬車を停め、休憩をとっていたリュエルたちのもとへ、打ち合わせを終えたエイセイがやってきた。

出発の合図を聞き、皆が立ち上がる。食事の残骸や飲料水の入った樽《たる》などを片付けたり、馬を馬車に繋ぎにいったりと、それぞれが仕事に取り掛かる。

「ガガリたちは？」

「先に馬車に入った。万事予定通りだと。紹介状ももぎ取ってきたらしい」

リュエルの問いにエイセイが答え、椅子代わりにしていた木箱を一緒に運んだ。

今リュエルたちがいる場所はジブラルの外れで、町の奥まったところに地主の屋敷がある。ガガリとイザドラはその地主の元へ挨拶に行き、先ほど帰ってきたところだった。

「それで、分かったのか？」

「ああ、やはりあっちにいるそうだ」

エイセイが川向こうにある山に視線を向けた。

リュエルが探している人物――猫族の奴隷を所有しているという男は、この町ではなく、鉱脈のある山のほうに住居を移しているようだ。男の名はラルゴといい、農村地帯には親が残り、ラルゴは新しい産業に従事しているのだという。

「それにしてもよく紹介状をもらえたな。それもこんなに早く。流石、ガガリとイザドラだ」

「あいつらの得意技だからな。まあ、よくやったとは思うよ」

馬車を四台持ち、二十人近くの人員を動かすキャラバン隊は、大陸全土の中では中規模の部類だが、その堅実な仕事ぶりは信頼度が高い。本来なら外注しなければならない護衛も身内で賄《まかな》えるから、長距離遠征のときなど、他の行商人から頼りにされることも多い。ガガリキャラバン隊の名は有名だ。

それでも、地域に根付いている商会との差は歴然で、格下であるのは事実だった。

ガガリほどの実力があれば、一つところに落ち着いて商会を立ち上げるのなんて容易《たやす》いことだと思えるし、そうなれば期間を置かずにそこそこの出世を果たせそうだが、本人にはその気がないらしかった。

あちこち飛び回る行商が性に合っているし、楽しいから旅をするのだそうだ。いろんな場所へ行き、いろんな人と出会うのが面白い。実際、そんなガガリだったから、エイセイともリュエルとも、他の仲間たちとも出会えたのだと言える。

ちっぽけで、制約がある業種だからこそ、努力と工夫次第で大儲けできる。それが商売の醍醐味《だいごみ》だとガガリは言っていた。

今回もジブラルの町に着いて、まずは地元の商会に赴き、地主との顔繋ぎのための根回しをした。アバル国王の名を利用し、向こうから呼び出しが掛かるようにもっていった。そしてラオブールの元締めであるラルゴとの渡りを付け、まんまと紹介状を手にすることに成功したのだ。

国王の謁見から戦の裏での暗躍にまで習熟するガガリにとっては、町の有力者の懐に潜ることなど、造作もないことなのかもしれない。しかも地元の商会を味方につけ、そちらでも新たな商談を成功させたらしい。

どんな経験を積んだらあんなふうな駆け引きができるようになるのだろうか。王宮に招かれても堂々としていたし、思いつきで行動しているように見えて、実は綿密な計画の上だったと、あとで気づかされたりする。

「成長したら、おれもあんなふうになれるかな」

「無理だ」

「なんだよ。エイセイだって無理だろ！　むしろおれより無理だろ」

直《す》ぐさま反駁《はんばく》するリュエルを睨み下ろし、エイセイが溜め息を吐く。

「ああいう策略めいたことはどっちも苦手なんだから、争っても仕方がない。山羊のフンを馬のフンが嗤《わら》うようなものだ」

「確かにな」

どちらが山羊でどちらが馬なのかが気になるところだが、まあ、どちらもフンであることは変わりないので言い争いは終わることにする。

「じゃあ、向こうに行ったら、そのラルゴっていうやつのところに行くんだな」

仲間に会えるだろうかと、期待に胸を膨らませるリュエルを、エイセイが「突っ走るなよ」と牽制《けんせい》した。

「会ってすぐに奴隷の有無を聞くわけにはいかないからな。あくまで商売で訪れるんだから」

「うん。分かってる」

商談をしながら仲間の安否を確かめるなんて器用なことをリュエルができるはずがない。

相手は獣人好きだという噂だ。たぶんいつものように宴席を設け、リュエルはエイセイと共に剣舞を舞うことになるんだろう。その席に奴隷を連れてきてくれればいいが、そうならなくても、ガガリかイザドラなら、上手く情報を引き出してくれる。

「くれぐれも気をつけるんだぞ」

「分かってるってば。ガガリたちならちゃんとしてくれるだろ。心配ないって」

「ガガリじゃない。おまえのことを言っている」

ガガリたちを差し置いて、自分が出しゃばるような真似《まね》をするはずもないのに、エイセイが怖い顔をして釘を刺してくる。相変わらず信用がない。

「大丈夫だ。もう失敗しない。おれだって成長するんだからな。ちゃんと話せる。ていうか、むしろ口を開かないようにする」

「そうじゃなく。相手は獣人を愛玩する対象だと思っている。だから十分気をつけろ」

「分かってる。おれは大丈夫だ」

「まったく分かっていないようだが」

しつこく念を押すエイセイに力強く頷きながら、きっと上手くいくと、リュエルは川の向こう側にそびえる山に目をやった。


ジブラルの町からまる一日掛けてラオブールに辿り着いた。新しくできた鉱山都市は、ほとんどが採掘に関わっているのだろう雑多な種族で溢《あふ》れていた。急ごしらえで建てられた宿屋や商店などは、毎日のように増え続ける人口に対応し切れておらず、リュエルたちは町の中で野営のできる場所をまずは探すことになった。

「こりゃ、予想以上に賑わってんな。ちょっと目算外したか」

町の入り口付近にある広場に馬車を停め、リュエルたちが野営の準備をしているところに、町の様子を確かめに行っていたガガリが戻ってきて、悔しそうに言った。

「案の定、宿はどこもいっぱいだ。取りあえずはしばらくここが拠点になるな。おい、商品の入っている馬車を動かしてくれ」

ガガリは視察に行った先でさっそく仲介屋を見つけ出し、倉庫を借りてきたらしい。そこに商品を移し、商売の経過を見た上で、改めて仕入れに行く算段を始めている。

初めての町を訪れるにあたり、損をしないようにと仕入れてきたのだが、どうやらガガリの予想を上回る好景気だったらしい。ガガリは悔しそうにしながらも、これが商機だと直ぐさま立て直し、目を輝かせた。

「しばらくはきついだろうが、踏ん張ろうぜ。稼ぎ時だ」

仲間を鼓舞するようにガガリが拳を上げた。

それからは怒濤《どとう》の忙しさで、倉庫に商品を運び入れ、その倉庫の前で臨時の商店を開く。並べたそばから商品が売れていき、リュエルは何度も倉庫を行き来した。採掘地という土地柄なので、酒がよく出るのは予想通りだったが、衣服や靴などの衣料品が飛ぶように売れたのには驚いた。過酷な肉体労働で、汚れや破損が激しいのだ。一番予想外だったのは、ブローチや髪飾りなどの装飾品だ。これは娼館が多く入っているため、彼女らへの貢ぎ物としての需要だった。こういう地域では当たり前のことだと、ガガリがホクホクした顔で売れ行きを眺めていた。

次の日には早速空荷の馬車が二台、仕入れのために町を出て行った。途中の町で馬を替え、帰りは預けた馬を取り戻しての特急便だ。それとは別に、手紙を託した早馬も走らせていた。キャラバンの人数が減った中、リュエルは前日と同じように忙しく立ち働いた。

五日後には仕入れを終えた馬車が戻ってきたが、その数が増えていた。この町の好景気がしばらく続くことを見越したガガリが、他の商隊にも声を掛けた結果だった。酒や生活用品などを満載した行商人たちに混じり、串焼きや汁物などを売る屋台も移動してきた。

売り物は品物だけではなく、鍛冶屋や革製品の修理屋など、職人たちも多くやってきた。これもガガリが手紙で人員を募ったらしい。

それからも噂を聞きつけた商隊が続々とやってきて、もともと賑やかだったラオブールの町が、お祭り騒ぎのような様相を呈してきた。ガガリキャラバンの荷馬車も、再び仕入れのために町を出て行く。

その頃になると、ガガリを訪ねる者が多くなり、リュエルたちとは別行動をとるようになっていた。留守の間にも人がやってきて、その対応にも追われた。

ガガリを訪ねて来る者は商人だけでなく、町の警備隊の隊長や採掘の技師などいろいろで、中には貴族のような装いをした者までいて、何やら相談を持ち掛けられていた。ラオブールにやってきた数日のあいだに、ガガリはすっかりこの町の中心的な存在になっているようだった。

そうして忙しく働いているうちに、この町にきてから半月が経とうとする頃、ガガリキャラバンはラオブールの元締めであるラルゴの屋敷に招かれることになった。
恐ろしいほどの順風である。ジブラルの地主からもらった紹介状などなくても、ガガリは
ラオブールの最有力者に会う機会を自力で得たのだった。
わざわざジブラルに寄ったのに、無駄骨だったなとリュエルが言ったら、そんなことはな
いと、若干厳しい声でガガリに言われた。
「手札を多く持つことは、無駄じゃねえ。使おうが使うまいが、他に手札があるってことが
大事なんだ。こういうときの損を気にしちゃいけねえ。むしろ進んで損をしろ」
大きな手をリュエルの頭に乗せ、グリグリしながらそう言った。とても大事なことを教え
てもらったような気がして、リュエルも素直に話を聞いた。途中でエイセイがやってきて、
引き剝《は》がされてしまったが。
ラルゴに招かれた当日、リュエルはエイセイと共に、剣舞の衣装に身を包み、豪奢《ごうしゃ》な屋敷
の前にいた。
町の建物は急ごしらえのものが多かったが、ラルゴの屋敷はかなり立派な建物だ。広い前
庭に石畳が敷かれ、多くの下働きの者たちが働いていた。
入り口を過ぎると吹き抜けのホールがあり、触るのが恐ろしいような花瓶やら椅子やらの
調度品が飾られていた。アバルの王様の宮殿にはほど遠いが、きっと参考にしたのだろうな
と思うような仕様になっている。

一旦控え室に案内され、お呼びが掛かるのを待つ。今日はキャラバン隊の全員が招かれていて、みんな清潔な恰好をしている。アジェロなんかは娼館に行くときに着る一張羅《いっちょうら》で畏まっていた。イザドラはいつもと変わらず、豪華だった。今日の爪は真っ黒に染められている。

「だいぶおまえらのことを宣伝しといたからな。たぶん連れてくる」

緊張して待っているリュエルにガガリが言った。獣人好きという噂は本当らしく、うちにも綺麗な猫族がいると言ったら、是非連れてこいと身を乗り出して言ったそうだ。

「いいか、用心するんだぞ」

ここまできても、エイセイがまだリュエルに注意する。

「分かってる。舞いのとき以外はなるべく大人しくしてる」

口を尖《とが》らせてちゃんとできると請け負うが、何がそんなに心配なのか、エイセイは険しい顔をしたままだ。

「そうヤキモキすんな。リュエルが危なそうになったら、ちゃんと庇《かば》ってやるから」

ガガリがそう言って、「顔が怖いぞ」と、エイセイの肩を叩いた。

表情も声音もいつもと変わらないが、髪を整え、きちんとした恰好をしているガガリは、本物の貴族のように見える。

やがて声が掛かり、宴会場となっている広間に案内された。アバルの宮殿と同じように、広間奥の桟敷に大勢の人が座っていた。

中央に一際豪華な肘掛けが置いてあり、そこに凭《もた》れている男がこの屋敷の主、ラルゴなのだろう。白地に金と黒の刺繍《ししゅう》が施された長衣を着た中肉中背の中年だった。口髭《くちひげ》を蓄えているが、威厳はそれほどない。

ラルゴの両隣には、これも豪奢な装いをした獣人が座っていた。その姿をさりげなさを装いながら、じっと見つめる。

滑らかな毛並みに、リュエルとよく似た耳を持つ、とても綺麗な猫科の獣人だ。片方は金に黒のまだら模様で、もう片方がリュエルと同じ銀に黒の縞柄《しまがら》だった。長い尻尾がラルゴの腕と腰に巻き付いている。

「おお、君たちがガガリ率いるキャラバン隊の面々か。会えるのを楽しみにしていた。まずは座ってくれ。乾杯しよう」

従者たちに案内され、ラルゴの側に座った。ラルゴの右隣にガガリとイザドラ、逆隣にリュエルとエイセイという席次だった。他の仲間たちもそこから横に並ぶように席についた。

ご馳走《ちそう》が運ばれ、酒を注がれて乾杯する。

盃を口に運びながら、すぐ隣にいる獣人を観察した。

——違う。猫族じゃない。

酒を嚥下《えんげ》しながら、リュエルは誰にも気づかれないように、そっと溜め息を吐いた。

耳も尻尾も毛並みもとてもよく似ているが、純粋な猫族とは違っていた。

人族の父を持つリュエルはあの村の中では大きいほうだったが、純粋な猫族の身体は小さく、リュエルの肩ぐらいまでしかない。

ここにいる彼女らのしなやかな身体つきも、整った顔もまさしく猫科のものだが、その身体はリュエルよりも随分大きかった。恐らくは豹《ひょう》か虎《とら》か、それらが混じった種族なのだろう。どちらにしろ、リュエルの故郷の者と同じ種族ではない。

アーモンド型の目が、広間の光を受け、虹彩《こうさい》が縦長に絞られている。これも猫科の特徴だが、それでもやはり、リュエルの探していた者とは違っていた。

「おまえが例の猫族の者だな。ガガリに自慢されたぞ」

ラルゴがリュエルの顔を覗いてきて、リュエルは視線を避けるように酒瓶を掲げた。

「そうです。おみしりおきを」

「剣舞を舞うと聞いた。是非見せてくれ」

ラルゴの要求に快く立ち上がり、桟敷の前の広く空いた場所に立った。エイセイも剣を手に隣に立つ。

いつものように構え、曲の始まりと同時に舞いを舞った。

いつもは音楽が鳴れば何もかも忘れて没頭し、曲と一つになれるのに、その感覚がいつまで経っても訪れない。

「……リュエル、集中しろ。前を向け」

すれ違いざまにエイセイの声が聞こえ、ハッとして顔を上げる。自覚なく俯いたまま踊っていたらしい。慌てて姿勢を正すと、二人の獣人の肩を抱きながら、リュエルを見つめているラルゴの姿が目に入った。

「おまえのためだけの宴席ではない。自分の仕事をしっかりと全うしろ」

再びエイセイの声が聞こえ、リュエルは振り付けに紛らわせながら、しっかりと頷いた。

ここで気を抜いて、相手に落胆されるわけにはいかないのだ。

ここに来るまでに、ガガリがどれほど綿密な根回しをしたか、キャラバン隊の仲間たちがどれほど忙しい思いをしたのか、リュエルは知っている。自分だって懸命に働いてきた。今見つからなくても、また次に見つかる機会があるかもしれないじゃないか。気落ちしている場合ではないのだ。

リュエルは自分を叱りつけ、しっかりと前を見据え、音楽に合わせて懸命に剣を振るった。

やがて曲が終わりを告げ、それと同時に盛大な拍手が湧いた。礼を取りながら、そっとエイセイのほうを見ると、チラリと視線を寄越したあとに、小さく頷くのが見えた。ラルゴと一緒に拍手を送っているガガリもイザドラも、満足そうな笑みを浮かべている。

前半は気が抜けてしまったが、なんとか及第点の舞いはできたらしい。

「……素晴らしい舞いだった。猫は動きがしなやかだから、こういう舞いを見るとその魅力が一層増して見えるな」

ラルゴがそう言って、両隣にいる猫科の獣人たちに、「おまえたちもどうだ」と言って気軽な声を出す。

「同じ種族なのだ。おまえたちにもできるのではないか？」

同じ種族じゃないし、そんなに簡単にできるのなら苦労はしないと思いながら、リュエルは努めて笑顔を作り、会話の行き先を見守った。

「ちょっとやそっとの鍛錬では無理ですよ」

「簡単に言わないでくださいまし。剣など持ったこともございませんのに」

拗ねた声にラルゴは大声で笑い、悪かったと言って二人を引き寄せた。唇を寄せたり、顎の下を撫でたりと、目のやり場に困るような三人の姿だ。

「剣舞でなくとも、舞いはたくさんありましてよ。猫科の種族は身体能力が高いですから、お二人なら少しの手習いで、さぞかし美しい舞いを披露できることでしょう」

イザドラが接待用の笑みを浮かべ、会話に入っていった。

「しかし、目の前であのような見事な舞いを見せられたら、同じものが欲しくなる。俺は獣人の中でも、ことさら猫が好きなのだ。おまえは小柄だが、これもまた魅力的だ」

ラルゴの眼差しが強さを増したように見えて、リュエルはそっと目を伏せた。

「それはそれは。大変お気に召していただいたようで光栄でございます。ところで、私どもは大陸の隅々まで渡っておりますが、この二人のような種族とは巡り会ったことがございません。大変珍しい種族と存じますが、どの辺りに行けば手に入るのでしょう」

強欲な色を醸し出すラルゴに対し、ガガリが軽く受け流して話題を変えた。

こういうところがリュエルには絶対に真似できないと思うところだ。

「是非教えていただきたいものですが、やはりラルゴ様ほどのお力がなければ、手に入れるのは難しいのでしょうね」

イザドラの酌とガガリの追従に、ラルゴが上機嫌で「うむ。まあな」と頷いている。

「おまえが言うように、これらの種族はとても希少で見つけるのが難儀なのだ」

「やはりそうでしょうね。とても残念です」

相槌《あいづち》を打ちながら、ガガリがガックリと肩を落としている。リュエル以外の猫科の獣人がそんなに欲しかったのかと、その姿に驚いた。今までそんな素振りは微塵《みじん》も見せなかったから気づかなかった。リュエルの仲間探しにガガリが協力的だったのは、そういうことだったのかと、改めて気がついた。

「なんとかツテがないものでしょうかね……」

阿《おもね》るようなガガリの視線に、優越感に浸ったような笑みを浮かべたラルゴが、ニヤリと口端を上げた。

「……まあ、ないことはないが」

ラルゴの密《ひそ》やかな声に、ガガリの顔が跳ね上がる。そんなガガリにチラリと視線を向けたラルゴが、ヒソ、とガガリの耳に口元を寄せた。

「俺が懇意にしている奴隷商がいるのだが、俺のために特別にこういうのを探して連れてきてくれるのだ」

広間では楽曲が奏でられ、ラルゴはガガリにしか聞こえないように囁《ささや》いているつもりだろうが、リュエルの耳にははっきりと会話の内容が聞こえていた。ラルゴの両隣にいる獣人の二人にも、もちろん聞こえていて、こちらに視線を寄越しながら、こっそり肩を竦めている。

「けっこうな大金を積んでいるのだ。それでも見つかるのはごく希《まれ》だがな」

「そうでしょう。そうでしょう。二人を手に入れただけでも、奇跡のようなものです」

「まあな」

ラルゴはすっかり気分を良くして、二人の愛玩奴隷を手に入れた経緯や、どれほど金がかかったのかなどを自慢げに語り、ガガリが大袈裟《おおげさ》に感心している。

イザドラはそんな二人の会話に時々茶々を入れながら、獣人二人の手を取って、爪の手入れの話に花を咲かせていた。

宴は和やかに過ぎていき、ラルゴの希望でリュエルたちはもう一度剣舞を舞った。短く激しい曲想に合わせ、一度目よりも出来よく舞えた。

土産をもらい、広間を後にする。

「おれ、ガガリがそんなに猫科の獣人を欲しがってたとは知らなかった」

長い廊下を歩きながらリュエルが呟くと、ガガリが「へ?」と、素っ頓狂な声を上げた。

「特にそんなもんは欲しくねえぞ?」

「えっ?」

あっさりとした答えに今度はリュエルが声を上げる。

「だって、さっきあんなに熱心に聞いてたじゃないか」

猫科の奴隷が欲しいと言い、難しいと聞かされて、悄然《しょうぜん》としていた。

「おまえ……、あんなのは演技だろうが」

呆れたように言われ、リュエルは目をパチパチと瞬《しばたた》かせた。

「え、だって、あんとき……、すごいガッカリしてたじゃないか。猫科の獣人をなんとか手に入れたいって!」

「だからそれは、てめえの仲間の消息を摑む手掛かりを聞き出すためだろうがよ」

ガガリに獣人を愛玩する趣味はなく、あくまでラルゴから情報を引き出すために、話を向けたということらしい。リュエルから見たら、あまりに神妙な態度だったので、すっかり本気なのだと思ったのに。

「完全に騙《だま》された」

「俺の演技力が凄いってことだな」

「いや、騙されるリュエルが馬鹿すぎるだけだろう」

「なんだとっ！　おいこらエイセイ、いくらなんでも酷いぞ」

激怒して叫ぶリュエルに、エイセイは吹雪《ふぶき》のような冷たい眼差しを向けてきた。

「接待の席でのガガリの発言は、九割が虚言だから信じるな」

エイセイの助言にそうなのか……と、考え込んでいると、ガガリが「馬鹿言え。八割方が真実だろうが」と、軽い口調で反論し、イザドラに「ほらね。いい加減だろ？」とバッサリと切り捨てられた。

「まあ、今回は残念だったな」

そう言って、ガガリがリュエルの頭に手を置いた。

「おまえの故郷のやつではなかったな。本当、残念だった」

労る声は低く、それでも優しい響きを乗せていた。

「でも、収穫もあった。ラルゴの懇意にしている奴隷商人の名も分かったし。今度はそっちから調べていけばいい」

「うん。それに、ちょっとは安心した」

ガガリの言葉に相槌を打ちながら、リュエルも今日の宴会で感じたことをガガリに伝える。

「あの二人の獣人、ちゃんと可愛がられていた」

毛並みは艶やかで、痩《や》せてもいなくて、爪も綺麗に研いであった。獣人の奴隷は、主人に反抗できないように、爪を抜かれたり、短く切られたりすることが多いのだ。

それに、主人の身体に巻き付いていた尻尾はちゃんと嬉しそうで、あそこにいることを悲しんでいなかった。拗ねたり甘えたりしていた態度も、決して強要されたものではないようにリュエルには見えた。

「あのラルゴって人、悪い人じゃないように思った。……でもおれ、単純だから、本当は陰で酷いことをされてたりするのかな」

言葉も態度も聞いた通り、見た通りにしか受け止められない自分は、大事なことを見逃してはいないかと不安になったが、ガガリが「たぶん大丈夫だ」と言ってくれたので、安心した。

「本当？　おれ、騙されやすいから。さっきだってガガリに見事に騙されたし」

「それは俺の演技力が凄まじすぎたからだ」

カラカラと笑い声を上げるガガリに頭を撫でられながら、本当にそうだったらいいと思った。あの二人の獣人は、この屋敷で大切に扱われ、幸せに暮らしているのだと。

「採掘場のある町を見ても、活気があっただろう？」

普通、炭鉱や鉱山では、奴隷が派遣されることが多いのだとガガリが言った。

リュエルもそれは知っている。もしこのキャラバン隊に拾ってもらえなかったら、リュエルもそういうところで働かされていただろうから。

「現場を見たからな。奴隷もまったくいないわけじゃない。けど、作業環境はそれほど悪くなかったぞ？」

ガガリはこの町に来てからの半月ほどの間に、あらゆる場所に顔を出し、話を聞き、現場を覗いた。その上で、ここは健全な形で発展する町だと推察し、それに貢献しようと思ったのだと言った。

商隊や職人を呼んだのも、普段にはない長期間の滞在を決断したのも、ここは将来住みやすい場所になると思ったから、協力したのだと。

「そうでなきゃ、さっさとラルゴの奴隷のことだけ調べて立ち去ってたさ」

目的以上の魅力を感じたからこその行動だったと、ガガリは言った。

「リュエルの目的は果たせなかったけどな。希望を捨てずにいるんだぞ。きっとどこかで生きているはずだ」

「うん」

元気な返事をするリュエルにガガリが微笑《ほほえ》み、「絶対に探してやるからな」と、力強く言ってくれた。

散り散りになった仲間の、誰か一人でも消息が分かれば、それがリュエルにとって大きな支えになるからと、ガガリが優しい顔をした。

「生きてるって分かるだけでも、安心するもんだ」

頭に乗せられた手が、ずっとリュエルを撫でている。そろそろエイセイの手が伸びてきて邪魔をしそうだが、今日に限って何故かそれはなく、ガガリの手は頭に乗せられたままだ。

ガガリの声が、今まで聞いたことがないような、深く優しいものだったからかもしれない。

遠くを見つめる瞳が、なんだかとても悲しそうに見えたからかもしれない。

エイセイの邪魔が入らないのをいいことに、リュエルはガガリに頭を撫でさせてやった。

誰を想い、そんな声でそんな顔をしながら、リュエルを慰めているんだろうと思いながら。


ラルゴの屋敷を出て、門扉に続く石畳を歩いているときだった。

「イグリート様……っ」

押し殺したような声が聞こえ、リュエルは足を止めた。

切羽詰まった声はリュエルたちに向けて放たれたようだが、今いる集団にそんな名を持つ者はいない。キャラバンの連中も幾人か立ち止まったが、お互いに首を傾げただけで、再び歩を進めた。

「お待ちください、イグリート様」

そう言って声の主はリュエルたちの前に回り込み、両手を胸の前で交差させて膝をついた。

男が仰ぎ見る先には、ガガリが立っている。

「お姿をお見かけし、よもやと思い、お待ち申し上げておりました。わたしはルゴールの水《みず》神子《みこ》を仰せつかっていた者でございます。……今は既に職をなくしておりますが」

男は真っ白な長衣を着ていて、頭の上に同じ布で作った円柱状の帽子を載せている。ラルゴの屋敷にいる従者と同じ衣装だから、ここで働いているのだろう。浅黒い肌に濃い色の髪と瞳はガガリと一緒だが、そう珍しい色合いでもないため、特に驚くことでもない。

恭《うやうや》しく礼をとっている男を見下ろし、ガガリが困ったように頬を掻き、「あー」と、曖昧な声を出している。

「済まないが人違いだ。俺はそんな名じゃねえし、ルゴールっていうところにも行ったことがない」

ガガリの言葉に、男は切なげに表情を歪《ゆが》め、「お察ししております」と静かな声で言った。

「王が崩御されました。あなた様が去ったしばらくあとにございます」

「あー、ええと、……それはご愁傷様です。だが、本当に俺は関係ないんだが」

「月が揃《すく》えなくなりました」

ガガリの言葉にかまわず、男が語り出す。

「今はアスラーン様が王位を継いでおいでですが、現状は厳しく、私ども水神子は王太后《おうたいごう》のお怒りに触れ、国を追われ、このように他所の地でひっそりと過ごしているのでございます」

男の言葉はリュエルにはまったく理解ができず、ガガリもなんのことだか分からないといった風情で、困惑しているようだ。

「皆、バラバラになりました。そうするしかありませんでした。……我が身が不甲斐なく、いっそこの命を捧げられたらどれほどよかったか」

思い詰めた表情は本当に苦しそうで、どう言葉を掛ければいいのか分からない。

ガガリも見ず知らずの男に傅《かしず》かれたまま固まっている。ガシガシと頭を掻き、「取りあえず立ってくれ」と促すが、男は動かない。

ガガリは困り果て、リュエルたちキャラバン隊の連中もどうしていいのか分からず、顔を見合わせる。

「国が荒れています。或《ある》いはもう……」

そう言って男は、ガガリの前に跪き、両手を握り絞めたまま、祈るように目を閉じた。


ラルゴの宴会に招かれてから四日が経った。今は野営用の広場で遅い昼飯を食っているところだ。

タープの下にテーブルを置き、パンとシチューを口に運んでいる。宿は未だに飽和状態で、ガガリに気を遣った宿屋の人に、部屋を用意すると言われたが、ガガリが断っていた。野営は慣れたものだし、リュエルたちを襲うような輩《やから》もこの町にはいない。休憩を取っていれば、串焼きなんかを差し入れてもらえたりする。とても居心地のいい広場だ。

ラルゴはあの宴会以来、頻繁に町に顔を出すようになり、ついでにリュエルたちにも声を

掛けてくる。獣人を連れてくるときもあるし、普通に仕事関係の者と一緒のときもある。ガガリのことを随分信頼しているようで、リュエルたちに対する態度も柔らかい。

ラルゴの屋敷からの帰り際のことは、未だに気に掛かっているが、誰もそのことを口にしなかった。リュエルも何も聞けないでいる。

あのときガガリは本当に困惑していた。人違いだと言った言葉は真実のように聞こえたが、演技の上手いガガリのことだ。リュエルはあの直前にもすっかり騙されていたこともあり、もしかしたらという気持ちもある。

「なあ、エイセイ。イグリートってガガリのことだと思う?」

「さあ。分からんな」

何か知っているかと探りを入れてみるが、エイセイも知らないと言う。ガガリほど演技が上手くないエイセイだから、これは嘘じゃないようだ。

あのときの男の言葉を思い出してみても、分からないことだらけだった。

水神子だとか月を揃えないとか、まったく意味が分からない。

一つだけ分かることがあるとするなら、「ルゴール」という国の名だけだ。

たくさんの書き込みがされた地図の中、そこだけ避けるように真っ白だったあの場所。

旨味がないから行かないとガガリは言っていた。そんな理由が成り立たないのは、別の地で経験したから分かっている。

ガガリは忙しく飛び回っており、ほとんど姿を現さない。どこに行っているのか、誰に会っているのか、イザドラぐらいには言っているかと思ったが、時々誰にも何も言わず、忽然《こつぜん》と姿を消すことがあるようだ。

そういうときに、漠然とあの水神子と名乗った人と会っているんじゃないかと予想する。根拠はまったくないけど、なんとなく確信めいた予感があった。

「そろそろ次の仕入れに行かないと、倉庫が空になっちゃうな」

まだこの町に滞在するなら、商品の確保は必須だろう。なにしろ仕入れれば仕入れるだけ物が売れる。

「次の仕入れはしないいんじゃないか」

エイセイが言った。

「そうなの？」

「ああ。あいつのことだ。昨日のうちにそれを提案しなかった時点で、ここを出ることを決めていたんだろう」

長年の付き合いで、ガガリの思惑はある程度測れるらしいエイセイが、抑揚のない声でそういった。

「ドゥーリも帰ってきたことだし、明日あたり出発するんじゃないか」

「急だな」

「あいつはいつだって急だろう」

諦めたような顔で言うエイセイに、まあそうか、いつでも振り回されっぱなしだしなと納得したところへ、会合に出掛けていたガガリが丁度戻ってきて、宣言した。

「よし。予定通り明日出発するぞ。全員用意はできてるな」

「できてねえよ！　予定通りって、今初めて聞いたから！」

リュエルの声に、ガガリが楽しそうにわははと笑う。

「それで、行き先は予定通りなのか？　次はセンシルだろう？」

エイセイの冷静な問いに、ガガリは片眉を上げ、「うん。変更だ」と高らかに言った。

「次に目指す場所はルゴールだ。悪いがみんなに付き合ってもらいたい」

いつものように勝手な変更をする隊長に、キャラバン隊の連中もいつものように「へーい」と、気のない返事をする。

「本当、悪いな」

悪びれない調子で謝るガガリに、みんなは慣れているからと、苦笑しながら動き始めるのだった。


ラオブールを発って三週間目。リュエルたちはルゴールと呼ばれる国の近くまでやってきていた。

ラオブールから更に内陸に入った砂漠地帯だ。井戸を掘ったあの村よりも砂漠の規模は大きく、かなりきつい行程だ。

本来ならここまで辿り着くのに一月半から二月は掛かる距離だ。それがこれほど早く辿りついたのは、途中の町をほとんど素通りする勢いで馬車を走らせたからだった。

比較的大きなオアシスがある街に着き、そこに馬車を預け、そこからはラクダを使って砂漠を渡ることになる。

こういった過酷な旅のときは、イザドラは留守番組となるのが常だったが、今回は同行する。他の連中も一緒で、組が分かれることなく全員でルゴールを目指すことになった。

準備を終え、ラクダを引きながらこれから目指す砂漠を眺めていると、ガガリが「悪いな」と言った。ガガリのこの言葉を聞くのはこれで二回目だ。

「なんで？　悪くないだろ？　ラオブールのときみたいに、うんと儲かるかもしれないじゃないか」

ガガリの予想が外れ、嬉しい誤算が生まれた鉱業都市だった。次に行く場所も、そうならないとは限らない。なにしろガガリキャラバン隊は、商機に聡《さと》い集団なのだ。

リュエルの言葉にガガリは一旦「いや、今回は」と否定しようとして、気を取り直したように「そうだな」と明るい声で言った。

「じゃあ、出発しよう。全員用意はいいか。今回の砂漠はちょっと手強《てごわ》いが、うちには水の神様がいるから死ぬことはねえ！　なんかあったらエイセイに言え」

　他力本願なガガリの宣言に、みんなで「おー」と拳を上げ、いよいよルゴールに向けて出発した。

　それからはひたすら砂漠の中を進んでいく。

　小さなオアシスで野営をし、時にはラクダに囲まれて皆で身体を寄せ合ったまま夜を過ごす。夜には星の位置を、昼には太陽の向きを確かめながら、淡々と歩いた。

　広大な砂漠の中、ガガリは迷いもなく先頭を進んでいた。やはりここを通ったことがあるのだなと、そのしっかりとした足取りを追いながらリュエルは思った。

　四日目の夜、日が沈む直前にオアシスを見つけ、今日はここで休もうと皆で準備にかかる。ラクダから荷物を下ろしたガガリが、「明日には着く」とオアシスの向こうを見つめながら言った。

　風が作った砂漠の丘を見つめる横顔には、相変わらず本当の感情が見えない。

　夜明けと共に出発した五日目の昼過ぎ、砂漠の向こうに今までよりも大きなオアシスの姿が見えた。

　手前にある砂丘の天辺から見下ろすと、オアシスを囲むように家屋が並んでいる。木々が茂り、水面《みなも》が光っているのがここからでも見える。砂漠との隔たりを示すように、壁が巡らせてあり、家も壁も真っ白な色をしていた。

オアシスに近い奥まった場所に、大きな建物が見えた。半球状の屋根が五つ並んでおり、中央には塔が立っている。真っ白な光を放っているそれは、他の建物とは一線を画す宮殿だ。

砂漠の中に忽然と現れた集落は、リュエルが想像していたよりもずっと大きな街だった。

「こんなところにこんな街があったんだ。ここがルゴール？」

リュエルの問い掛けに、ガガリが声を出さずに頷いた。砂嵐を避けるため、顔全体を布で覆っており、目だけを覗かせている。

「街ではなく国だな」

エイセイの言葉にも、ガガリが無言で頷く。

そういえば、ラルゴの屋敷でガガリを呼び止めた男は「王が崩御された」と言っていた。街よりは大きく、国としては規模の小さいここは、ルゴールという名の王国らしい。

「……だいぶ消えてるな」

高い場所からルゴールの街並みを眺めているガガリが、小さく呟く。

建物の数だろうかと思い、眼下に広がる街の家屋の数を、リュエルは目で数えてみた。

「街の規模に対して、オアシスが小さくないか？　あれで全部が賄えるとは思えない。オアシスの他に水を得る術《すべ》があるんだろうか」

エイセイの問いに、ガガリが今度は頷かず、無言のままラクダの手綱を引いた。ゆっくりと砂丘を降りていくガガリのあとを、キャラバン隊のみんなで追っていく。

砂の上をしばらく歩き、さっき上から見えていた白い壁の前まで辿り着いた。近くまで来ると、それはリュエルの背丈よりもずっと高く、しっかりとした城壁だった。入り口の前には門番が二人立っている。

「行商を生業《なりわい》にしております、ガガリと申します。こちらはすべてキャラバン隊の仲間です。この国には商いに参りました」

誰何《すいか》されたガガリが答える。顔を布で覆ったまま、全大陸共通の通行証を門番に差し出した。特に難しい審査もなく、全員すんなりと中へ通される。「行商人が来るのは久し振りだ」と、門番が嬉しそうに言ったのが印象的だった。

門の内側に入りしばらく行くと広場があり、そこを中心に通りが放射線状に伸びていた。一番大きな通りの先に、さっき見た宮殿があった。丸い屋根と中央にそびえる塔が、木々の合間から覗いている。

広場の真ん中には白い石で囲われた場所があり、たぶん噴水なのだと思う。けれど今は中に水はなく、石肌が見えているだけだった。家も壁も、みんなこの白い石でできている。

噴水跡から辺りを見回してみる。ポツポツと屋台が立っているが、バザールという雰囲気はなく、閑散としていた。

「まずは宿を探すか」

ガガリが通りの一本に視線を向け、歩き出そうとしたら、なんとなく遠巻きにしてこちらを眺めていた人々が、慌てたように近づいてきた。

「行商人かい？　今日は商売をしないのか？」

ラクダに積んである荷物を覗くようにしながら、最初に近づいてきた男が言った。

「……ええ、今着いたばかりなんで、一旦落ち着いたら」

「じゃあ、明日ここに来れば開いているのね。朝からやってる？　品物がなくなる前に来たいんだけど。店は明日だけ？」

ガガリの説明を最後まで聞かずに、別の女の人が矢継ぎ早に問うてきた。

そうしているうちにも、どんどん人が集まってくる。門番に聞いたのか「キャラバンが来てるってよ」と、大声で言いながら、走ってくる人もいた。

イザドラが肩を竦め、ガガリを見上げる。相変わらず布で顔を覆ったままのガガリが大きく一つ頷くと、それが合図となり、リュエルたちはラクダから荷物を下ろし始めた。

噴水跡の前の石畳に敷物を広げ、その上に商品を並べていく。

塩に乾物、衣類や装飾品など、並べるそばから手が伸びてきて、リュエルたちは慌てて対応をする羽目になった。門番が久し振りだと言っていた通り、先を争うように人が群がり、商売よりも人員整理のほうが大変だ。

「押さないでください。商品が踏まれちまいます。こっちは食料品です。塩も、ええ、ちゃんとありますよ。衣料は向こうに並んでくださいな」

イザドラが声を張り上げ、買い物の目的別に客を誘導していく。ドゥーリは身体の大きさを活かして、押し寄せる人の波を穏便に押し返す役目に終始した。

閑散としていた広場は人で溢れ、いつの間にか屋台が増えていた。イザドラの呼び声に張り合うように、串焼きだ、揚げ菓子だと叫ぶ声が、あちらこちらから聞こえてきた。

いつもは一番張り切って客寄せの声を上げるガガリは、今も顔を覆ったまま、黙って商品の出し入れの作業をしている。

「あんた、猫の獣人か？　珍しい毛色をしているな」

商品の補塡《ほてん》を手伝っているリュエルに、客の一人が声を掛けてきた。獣人が珍しいのか、腰を屈《かが》め下からリュエルの顔を覗いてくる。

「お、美人さんだな。その耳、ちょっと触らせてくれよ」

熊族のドゥーリは怖いけど、小柄なリュエルなら気安いと思ったのか、返事をする前に男が手を伸ばしてきた。後ろに飛んで避《よ》けようにも、そこには商品が並べてあり、手で払えば客が怒るかもと思い、一瞬躊躇《ちゅうちょ》する。

「申し訳ない。獣人は無闇に触られるのを嫌がるので。ご勘弁願いたい」

丁寧な言葉遣いの凍るような声で、エイセイが客を牽制してくれた。

「……お、おう。こっちこそ悪かった。ちょっとした興味本位だ。もうやらないよ」

男はそれ以上寄らず、すぐに引いてくれたので助かった。

「エイセイ、助かった」

「油断するなと言っただろう」

「言われてないぞ。それに油断したわけじゃねえし！」

自分にしては素直に礼を言ったつもりなのに、思いの他きつい声が返ってきて、反射で言い返す。今のは自分は悪くないし、商売を考慮した結果だし、油断したわけではない。

「ほら、イザドラの手伝いをしに行け。あっちなら安全だ」

別に危険じゃないし、もし不意に襲いかかられてもちゃんと対応できるしと反抗しようとしたが、きつい目で凄まれてしまい、不満を持ちつつもエイセイの言う通りにした。

忙しく客の相手をしているうちに、気づけば夕刻が近づいていた。真っ青だった空が、橙《だいだい》色に染まり始める。

人出は最初の頃よりも多少落ち着いてはきたが、それでもまだたくさんいた。

買い物が終わった客も、名残を惜しむように広場にたむろし、会話を楽しんでいるようだ。屋台で串焼きを買い、その辺に座って食べている人もいた。

「他所の国の品を久し振りに手に入れたわ。見て、この柄」

「ああ、今はこんなのが流行《はや》っているのかねえ?」

手に入れた品をお互いに見せ合い笑っている。

「前はもっと頻繁に行商人が訪れたもんだが、通り抜けする旅人すら姿を見なくなった」

「そうだねえ。昔は宿が満杯になるくらい、賑わったもんだがね。寂しくなったもんだ」

敷物を敷いただけの臨時の店舗と、離れた場所に繋げたラクダとのあいだを行き来しながら、リュエルは人々の話に聞き耳を立てる。

以前はもっと賑やかで、商店も宿屋も多かった。オアシスももっと大きく、砂漠の中にありながら、農地は豊かだったのだと。

砂漠の先に大国があり、その中継地点として、この国は随分栄えていたそうだ。

「出ていった人も多いし。……神子様の数もとんと少なくなった」

「今の国王もご苦労されている。早く月が見つかるといいんだが」

だんだんと国の行く末を憂う声が聞こえ始める。話題の中にはリュエルにはよく理解できない言葉もあった。

「月が見つかるといいって、毎晩、空に浮かんでんのに?」

神子という言葉に、いつかガガリを引き留めた男のことを思い出した。あの人はたしか「月が掬えない」と言っていた。自分は水神子で、国を追われたとも。

意味が分からず首を傾げるが、エイセイや他の連中に聞いても同じように分からないと言う。ガガリに聞いたら教えてくれるだろうかと思うが、なんとなく聞けないでいる。

買い物客の話を聞きながら、考え事をしていてふとガガリの姿を探す。顔を隠すように布で覆っていたが、まだそんな恰好をしたまま客の相手をしているんだろうか。

ようやく人の波が引き始めた広場を見渡すが、そこにガガリの姿はなく、キャラバン隊の連中が店じまいをしているだけだった。


砂漠に夜が訪れていた。

「月なんて掴えないよな？　届かないし」

リュエルは宿屋の部屋の窓から、月を見上げている。空に浮かんでいるのは半月で、冴《さ》え冴《ざ》えとした光を届けていた。

「リュエル、外に出ようか」

さっきまで食堂でガガリたちと明日以降のことを相談していたエイセイが、リュエルを誘いにきた。同部屋のアジェロとザームは、まだ下で飲んでいるらしい。

外は寒そうだが、誘われたのが嬉しくて、リュエルはすぐに行くと答えた。暖かくしろと言われ、首巻きやマントを用意される。

二階から階段を降り、食堂を通って外へ出た。ガガリもイザドラも部屋に戻ったらしく、アジェロたちしかいない。

「どこ行くの？　昼間の広場？」

リュエルたちが泊まっている宿は、広場からちょっと離れた場所にある。広い通りから二本目の路地に入った突き当たりだ。

「オアシスのほうに行ってみよう」

エイセイの誘いに素直に頷き、隣に並んで歩いた。寒さを覚悟して出てきたが、今日はそれほどでもないと感じた。

「宿の人、喜んでたな」

久し振りの大人数の客に、宿屋の主人が大歓迎をしてくれて、夕飯のときには酒を奢《おご》ってくれた。それが呼び水となり、結局奢ってもらった五倍以上の酒を頼んでいたが。

広場に集まった人々といい、宿屋の主人といい、この国は気のいい人が多い気がする。

「余所者が珍しいんだろう。門番も久し振りだと言っていたしな」

「うん。昔はたくさん来てたらしいよ。砂漠を越えたところに国があって、みんなここで休んでいったんだって」

「ああ、そういえばけっこう大きな国があるな。今は砂漠を迂回《うかい》して行くようになったから」

滅んだわけではなく、その国へ至るまでの手段が変わってしまったのが理由だった。

昔は砂漠を横断するしかなかったが、新しい道が開かれ、馬車の改良も進んだ。ラクダを引いて過酷な砂漠を渡るよりも、大回りをしてでも安全に移動する道を選んだ結果なのだろう。

実際、今回の砂漠越えはこれまでで一番と言えるぐらいに過酷だった。エイセイがいるから水の心配はいらないが、そうでなかったら、もっと酷いことになっただろう。

「エイセイがいてよかった」

笑顔で見上げると、エイセイも「そうか」と、僅かに口端を上げた。

「本当、便利だよな、エイセイって。水が飲み放題だし……って、いて！　なんだよ、耳引っ張んなよ」

機嫌よく笑ったかと思ったら、急に乱暴を働く。

「なんでそんなにすぐ機嫌が変わるんだよ。吃驚《びっくり》するだろ」

「おまえの情緒のなさに俺はガッカリだよ」

「なんでだよ。褒めただろ？」

伸びてくる手を、頭を振って回避しながら反論する。エイセイは口をへの字に曲げながら執拗《しつよう》に耳を狙ってくる。

まったく気分屋は困ると、小さな諍《いさか》いを続けながら歩いていると、やがて鬱蒼《うっそう》とした木立に入り、その先にオアシスが見えてきた。

街の規模にしては小さいと言われていたが、それでも満々と水を湛《たた》えた水面は、月の光に照らされて、キラキラと輝いていた。

「ここも前はもっと大きいオアシスだったんだって。客が言ってた」

「ああ。水の名残がある。以前はこの辺りまでオアシスだったんだろう」

リュエルたちが今立っている地面を指して、エイセイが言った。

「これからもどんどん小さくなっていくのかな。そしたら、ここの人たちどうするんだろう」

水がないところに人は住めない。危機は今すぐ訪れなくても、長い年月の果てに、この国はなくなってしまうのだろうか。

「水の気配はあるんだがな」

「水脈があるってこと？」

砂漠を渡るあいだにも、ポツポツと小さなオアシスがあったから、すべて涸《か》れてしまうということにはならないのかもしれない。けれど、国が存続できるほどの大きさとなると、とても無理だと思う。

「だいぶ消えたと言っていたな」

「え？　誰が？　何が消えたって？」

問い返すリュエルに、エイセイは何も答えず、そのままオアシスに視線を向けた。両腕を伸ばし、夜空を仰いでいる。

月の光を浴びた横顔が彫刻のように綺麗だ。何かを受け止めようとするように腕を伸ばし水辺に佇む姿は、まるで宗教画のようだと思った。

オアシスを半周ほど回った先に、白の宮殿が建っていた。あちらも月の光を浴び、浮き上がるように光って見える。

宮殿を建てた当初は、たぶんもっと水辺に近い場所だったのだろう。だんだんと水が減り、今はオアシスとの間に距離ができている。そこにも木々が生えていた。

あそこにこの国の王が住んでいるのか。

アスラーンとかいう名だったか。前の王は亡くなったと、あの男が言っていた。

月に照らされた宮殿を眺めながら、あの場所に住む人を想像してみる。けれど年齢も容姿の特徴も知らない人を思い浮かべるのは難しかった。王について知っていることといえば、あの男の「王位を継いだが現状は厳しい」と語ったことと、広場の買い物客が「王も苦労している」と言っていた言葉、それだけだ。

涸れた噴水や、広場の閑散とした様子、人々の声を聞く限り、この国の王様は、あまり幸せとは言えないようだ。

「助けようとしてんのかな」

なんの脈絡もなく口にしたリュエルに、エイセイが「そうかもな」と相槌を打った。

「やっぱりここ、ガガリの故郷なんだと思うか？」

「そうかもしれない、とは俺も思う」

「ずっと行商の旅をしてて、ここだけ避けていたんだよな。なんか嫌なことされて、出ていったんじゃないかな。だから来たくなかったとか」

この国に入ってから、ガガリはずっと顔を隠している。自分の存在を気取《けど》られないように用心しているらしいのは、いくら鈍感なリュエルでも察していた。地図の空白は、来る意思がないことの表れだ。その意思を曲げてまで、ガガリはこの国にやってきた。ラルゴの屋敷で会ったあの男がきっかけなのは間違いない。

「大丈夫なのかな。狙われたりしないか」

イグリートというのはきっとガガリの本当の名だ。その名を捨てて、今のガガリになったのに、ここにいたら危険なのではないだろうか。

いったいこの国と、ガガリはどんな関わりがあるんだろう。

「お前の言っていることはすべてが憶測でしかない。何が真実かなんて、あいつにしか分からないんだから」

「そうだけど、心配だろう？　危険な目に遭ったらどうするんだよ」

大怪我《おおけが》を負ったり、……最悪死んでしまったりしたらどうしよう。

「あいつはそんな柔ではないし、危険を顧みずに無茶をするやつじゃない。俺だっているんだし。なんのための用心棒だと思っている」

「エイセイ、ガガリをちゃんと守ってくれよ」

やっと手に入れた安住の住処《すみか》だ。エイセイもガガリもイザドラもドゥーリも、他の仲間たちも全員、誰一人欠けてほしくない。

狼狽《うろた》えるリュエルの耳をエイセイが摑んだ。「立てろ」と言って、知らずペタンと寝かされた耳を無理やり立ててくる。

「まだ何も聞かされてないうちから慌てたって仕方がないだろうが。馬鹿が」

「ちょっとぐらい慰めてくれてもいいだろ。こんなときなのに」

「起きてもいないことを先回りしてオロオロしているやつを慰めてどうする。馬鹿馬鹿しい」

容赦のない罵倒に涙目になりながら、負けじと睨み上げる。

「馬鹿馬鹿言うなよ。馬鹿って言うほうが馬鹿なんだぞ！」

「違う。馬鹿はおまえだけだ」

「ふうぅうぅ……っ、しゃぁあああぁ！」

どうやってもエイセイに敵わなくて最後には呻り声しか出ない。頭にペッタリと耳を貼り付け、最大級の威嚇をするリュエルの顔を、エイセイが興味深そうに見つめてきた。

「耳が完全になくなった。なんだか違う生き物に見えるな。……ふむ。これはこれで」

「うるさい。触んな」

「心配しなくても、ちゃんと守る。ガガリのことも、おまえのことも」

しつこく耳を弄《いじ》っていた掌が、リュエルの頭を撫でてくる。

「ガガリが手を貸してくれと言ったら、全力で貸せばいい。それまでは無闇に気に病むな」

そう言ってリュエルの頭をまさぐり、隠れた耳を見つけては立たせようとする。

「弄んな。もう！　鬱陶しいなっ！　あっ、こら、ひっくり返すなよ！　それ、ぞわぞわするんだって。耳毛駄目……やーぅっ、や、めぇえええ」

「山羊になった」

リュエルの耳を巡った攻防が延々と繰り返され、月の光が浮かぶオアシスに、リュエルの叫び声が響き渡るのだった。


翌日になり、リュエルたちは昨日と同じ広場で、同じように店を開いていた。

リュエルたちが到着すると、朝から待ち構えていたらしい人々がすぐに集まってきた。噂《うわさ》を聞いて楽しみにやってきた人もいたし、昨日一旦《いったん》諦めた布地がやっぱり欲しいからと、再び来てくれた人もいた。準備もそこそこに、すぐに販売が始まる。

広場には昨日よりも多くの屋台が出ていた。飲食物の他にも野菜や果物の食材や、織物や彫金などの店が並び、広場全体がバザールのようになっている。

オアシスが減少したといっても、そこまで逼迫《ひっぱく》しているわけでもないようで、並べられた野菜は種類が豊富で、果物も瑞々《みずみず》しかった。オアシスの向こう側には、まだまだ農地が広がっているらしい。今朝採れたての野菜を籠《かご》に詰め、売りにきた人もいた。

自分たちの店だけだと、すぐにも売り切れになりそうだと危惧《きぐ》していたから、客が分散してくれてホッとした。それでもラクダに積めるだけの品数なので、明日にはなくなってしま

うだろう。

ガガリの姿は今日もない。宿でリュエルたちに指示を出したあと、単独でどこかへ出掛けていった。出ていくときには大きな布を手にしていたので、今日も顔を隠したまま出歩いているのだろう。

ガガリの不在に、イザドラなどは「ここの有力者と顔繋《つな》ぎでもしてるんじゃないの？」と、呑気《のんき》に言っていた。ガガリ以外の全員がここにいるから、用心棒を一人も連れずに行動しているらしく、それがちょっと心配だった。

交代で休憩を取りながら、夕方まで働く。エイセイが屋台で串焼きを買ってきてくれたので、リュエルは冷たい飲み物を買い、噴水跡の縁に座って二人で食べた。

「考え込んでもなるようにしかならない」

肉を頬張るリュエルに向かい、エイセイが唐突に言った。何のことだと首を傾《かし》げたら、さっき釣り銭を間違えたことを指摘され、集中力が足りないと説教をされた。

「余計なことを考えて、気がそぞろになったんだろう」

「違うよ。普通に間違えただけだ」

堂々と反論したら、エイセイに呆《あき》れられた。

「だって、一度にいっぱい言われて分からなくなったんだもの。あれとこれ二つずつ、やっぱりそれやめてこっちにして、いくら？　なんて聞かれたらわけ分かんなくなるだろ？」

リュエルの言い訳に、エイセイが生ぬるい笑顔を作り、「それは難しかったな」なんて優しく言うからむかついた。

「エイセイに助けてもらおうと思ったけど、できなかった」

「呼べばいいだろう。無理に一人で解決しようとするな」

「だってあんとき、エイセイ、別の客と話してただろ。こーんな感じの人と」

手振りで女の豊満な胸を模《かたど》り、ジロリと睨《にら》んだ。露出度の高い服を着た女と、随分長いあいだ話し込んでいたのをちゃんと見ていた。釣り銭を間違えたのは、それが原因では断じてないけれど。

「すげえ楽しそうだった」

「ただの客あしらいだろうが」

「ああいうのが好きなのか。バインバインな女。アジェロと一緒だな」

「そんなわけないだろう。馬鹿馬鹿しい」

「だってエイセイのあんな笑顔見たことないぞ」

「だから客あしらいだと言っているだろう。だいたい俺が笑えばニセモノ扱いするくせに」

二本目の串焼きをリュエルに渡してくれながら、「妬《や》くな」なんて言うから、吃驚《びっくり》して尻尾がビンッと逆立った。

「おい、尻尾。ちゃんと腰に巻いとけ。不用心だぞ」

自分も二本目の串焼きを食べながら、その口元がニヤリとするから激昂《げっこう》した。

「エイセイがっ、変なこと言うからだろ！　妬いてないしっ！」

「分かった、分かった。妬いてないな。ほら、早く食っちまえ。交代の時間になる」

「なんだそれ、なんかガガリみたいだぞ。さてはエイセイ、おまえガガリだな！」

「混乱中か」

不意打ちの攻撃にドギマギしながら串焼きの肉を噛《か》み千切った。

「この調子だと、夕方には全部売れてしまいそうだな」

リュエルの動揺などお構いなしのエイセイは、人集《ひとだか》りのある臨時の店に視線を向けている。

「うん。凄《すご》い活気だもんな。昨日より店の数もうんと増えた。ああいうのいいな」

「ああ、そうだな」

売る人も買う人も楽しそうで、昔は毎日こんなふうだったと懐かしむ声を聞いた。リュエルたちの訪れがきっかけになり、再び活気が戻ったらいいと、行き交う人の笑顔を見て思う。行商という仕事に就いて、よかったと思う瞬間だ。

「この肉も美味《うま》いな」

でっかい塊が四つも連なっている肉は、肉汁が滴るほど柔らかく、食べ応《ごた》えがある。

口いっぱいに頬張るリュエルの隣で、先に食べ終えたエイセイが、リュエルを待ちながら、飲み物が入ったカップを手渡してくれた。

「食い切れるか？」

「最後のがちょっとしんどい」

「寄越せ」

「ん」

一つが子どもの拳ほどもある肉八個は、リュエルには流石《さすが》に重く、差し出される手に素直に渡した。

「ドゥーリなら五本は食うだろうな」

「十本とかいけそう。柔らかいし」

交代の順番を待っているドゥーリが、何を食べようかと立ち並ぶ屋台に目をやっているのが見えた。

串焼きが美味かったぞと教えてやろうと、エイセイが食べ終わるのを今度はリュエルが待ちながら、飲み物の入ったカップを手渡してやった。


三日目は売る物がなくなったので、自由日になった。

同部屋のアジェロとザームが、どこの娼館《しょうかん》に行こうかと、朝から真剣な顔で話し合っている。リュエルはエイセイと連れだって、街の観光に繰り出す予定だ。

ガガリは今日も朝早くから出掛けているらしく、食堂に姿を見せなかった。ゆっくりと朝食を済ませ、一旦部屋で食休みをしてから、エイセイと出掛けた。アジェロとザームは既にいなかった。朝からやっている娼館があるのか不思議だが、興味はない。

宿を出て、まずは広場に足を向けてみた。昨日よりは若干屋台の数が減っていたが、そこそこ人出があった。昨日野菜を籠に詰めて売りに来た人が今日もいた。並べる野菜が増えていて、売る人も二人になっていた。リュエルたちの顔を見ると笑顔で手を振ってくれた。

広場を順繰りに見て回り、水飴《みずあめ》を買ってもらい舐《な》めながら歩いた。

一通り見たあとは広場を離れ、宿のある方向とは別の通りに入っていく。

「どこに行く？」

「武器屋に行きたい！」

張り切った答えにエイセイが苦笑し、でも反対はしなかった。

「ついでに所持しているやつを見てもらうか」

自分の武器は自分で手入れをするが、たまには本職に見てもらうと安心だ。

武器屋の看板を探しながら路地を歩き、一軒見つけて入っていく。こぢんまりとした店構えのそこは、中に入ると剣やナイフなどの武器が壁じゅうに飾ってあって、とても興奮した。

店主にエイセイの剣とリュエルのナイフを預け、点検を待つ間に飾られた武器を見て回る。

「欲しい武器はあるか？」

「うーん。ナイフは手に馴染んでいるから替える必要はないし、投擲《とうてき》用の小さいのを少し買おうかな」

投げナイフや分銅などを、実際に手に取って確かめながら吟味する。素早く移動しながら的に向けて擲《なげう》つのは得意だ。キャラバン隊は強いやつばかりだし、そういうのが二十人近くもいる集団なので、滅多なことでは襲われない。今まで戦闘になったことは一度もないが、いざというときのために、鍛錬は欠かせない。

ナイフ使いのほうも、エイセイに厳しく指導されているので、だいぶ腕が上がった。これも活躍する場面が今のところないのが残念である。

「ガガリ、大丈夫かな」

並べられた武器を手に取りながら、不意にガガリのことを思い出す。

「一人で出歩くの、不用心じゃないか？」

エイセイやドゥーリほどではなくても、ガガリも腕は立つ。簡単に負けることはないとは思うが、それでも絶対ではない。

「ああ。出掛けるならついていこうかと言ったんだが、断られた」

リュエルのことを心配しすぎだと諭したエイセイも、やっぱり気にかかっているらしい。普段から気分で行動するガガリだが、この国に来てからは、ずっと単独行動なのだ。

「無理にでもついていったらいいじゃないか」

「商談の席に俺がいると相手が萎縮するから駄目だと言われた」

獣人のリュエルでさえ察知できないほど、エイセイは気配を消すのが上手《うま》いが、姿を現した状態では威圧感が隠せないらしい。

「なんのための用心棒なんだよ。役に立たないな！」

「仕方がないだろう。向こうが勝手に怖がるんだから。俺のせいではない」

開き直ったエイセイが剣呑《けんのん》な表情でリュエルを睨む。確かに善良な商人なら、こんなのが目の前にいたら震え上がるだろう。

「じゃあ、いよいよおれの出番だな。おれならエイセイみたいに相手を怖がらせるようなことには絶対にならないし、むしろ舐められる」

「それは別の意味で商談の邪魔になるだろうが。相手に舐められてどうするんだ」

「怖がらせるよりもマシだろう？」

「どっちもどっちだ」

「山羊のフンと馬のフンか」

睨み合った末に、二人で溜《た》め息《いき》を吐《つ》く。

「だいたい、ガガリが秘密主義なのが悪いんだ。なんにも言ってくれないから、こっちがヤキモキする羽目になる」

「確かに」

「振り回されるばっかりだ。急に剣舞覚えろって言ったり、どこに行くのか分からないまま出発したり。どうせ今回も唐突に『出発だ！』とか言って慌てさせられるんだと思う」

「あいつのあれは直らないだろうな。俺なんか十年以上そんなのに付き合っている。諦めるしかない」

「エイセイも大変だな……」

そう言って二人で再び溜め息を吐いた。

「なんか今日は気が合うな」

「共通の敵がいるからだろう」

ガガリの愚痴で意気投合しているうちに、預けた剣とナイフの整備が終わり、それらを受け取って、店を出た。

その後はブラブラと街の中を歩き、適当に買い食いをして、宿に戻った。夕方までにはまだだいぶ時間があったが、午後の陽射《ひざ》しはきつい。宿の部屋で昼寝でもして、日が落ちたらまたオアシスにでも行こうかという話になった。

「遅い！　どこへ行っていた」

そして宿に入った途端、ガガリの怒号が飛んできた。入り口で腕を組んだまま仁王立ちしている。自由日なのに、自由に行動したら叱《しか》られてしまった。納得できない。

「待ってたんだぞ。早く支度をしろ」

「なに？　支度って。もう出立するのか？」

「宮殿に招かれて剣舞を披露することになった。急いでくれ。時間がない」

「今すぐ？」

「今すぐだ。晩餐《ばんさん》の時刻の前に到着しとかないといけないからな。あ、エイセイは先に俺の部屋に来てくれ。打ち合わせだ」

　矢継ぎ早に号令が飛んできて、急げ急げと手を叩《たた》かれ、「……これだよ」と、エイセイと顔を見合わせ、リュエルは大きな溜め息を吐いたのだった。


　宮殿の中は、外観と同じく真っ白だった。そのせいで、窓がなくても異様に明るい。入ってすぐにある吹き抜けのホールと、豪華な調度品が飾られている仕様は、今まで訪れた屋敷とさほど変わらない。

　他と違うのは、白く長い廊下の先が庭園になっていることだ。建物に囲まれた庭は広く、丹精に手入れをされた花々が咲き乱れていた。どこからか水音が聞こえてくる。街の噴水は涸《か》らしても、宮殿内で水を惜しむという考えは持たないようだ。

　右手奥には大樹が植わっていた。地面を覆うように大きく枝を広げている。陽射しのきつい日中には、ほどよい木陰を作るのだろう。

アバル王国の宮殿に比べれば規模はかなり小さいが、贅を凝らした意匠は、この国の栄華と歴史を確かに感じさせるものだった。

中庭を過ぎ、再び長い廊下を進んでいく。最後に案内された広間の中央奥に、若い男と年嵩《としかさ》の女が座っていた。国王アスラーンと、王母である王太后《おうたいごう》だ。二人で対に見える豪華な刺繡《しゅう》が施された着物を着て、桟敷《さじき》に座っている。

王の年齢は二十代半ば過ぎで、三十には届いていないようだ。婚姻はまだらしく、王妃の姿はない。王太后は化粧が濃く、年齢がよく分からない。イザドラよりは上なんだろうなと、品定めをするような目つきでこちらを見つめている顔を、リュエルはそっと盗み見た。

並んで座る二人は整った面差しがよく似ていて、一目で母子だと分かる。けれど険のある王母と穏やかな表情の王とでは、印象がまったく違って見えた。

王太后が従者に視線で合図を送り、その従者に促され、リュエルたちは剣舞を舞うために二人の前に立った。いつものように曲が始まると同時に動き出す。

観客は二人だけで、従者はリュエルたちの舞いに関係なく立ち働いている。踊りながらさりげなく視線を向けると、王はにこやかに、王太后はあまり興味もなさそうな様子で、こちらを眺めていた。

今日、この宴席に招かれたのは、リュエルとエイセイとイザドラだけだ。ガガリは参加していない。

慌ただしく準備を終えて宿を出る段になって、初めてガガリの不参加を聞かされ、リュエルはもの凄く驚いた。

じゃあなんのために宮殿に行くのだろう。国の現状を訴えるのが目的ではないのか。それとも単純に舞いの披露を所望され、従っただけなのだろうか。

自分がここにいる意味が分からず、リュエルは混乱しながら、それでも失敗するわけにはいかないと、舞いに集中した。

やがて曲が終わり、リュエルはエイセイと共に御前に跪《ひざまず》いた。出来は可もなく不可もなく、無難に舞えたと思う。

段取り通りに頭を下げるリュエルたちに拍手をしてくれたのは、アスラーン王だけで、王太后は手にした扇子を口元にあて、こちらを見つめている。

「そこの黒髪の男、妾《わらわ》の側《そば》へ。女は王の隣へ来い。酌《しゃく》を許す」

王太后は獣人が嫌いらしく、リュエルだけ広間の隅で待機を命じられた。ここまであからさまな扱いは初めてだが、獣人に対する差別はよくあることなので、特に傷つかないし、気にもしない。大人しく指定された場所に畏《かしこ》まって座り、そのまま気配を消した。

宴の主導権は完全に王太后にあり、アスラーン王は最初から変わらない笑みを浮かべたまま、イザドラから酌を受けている。

「其方《そのほう》、変わった容貌《ようぼう》をしておるな。大陸の者ではないな」

酌を受けながら、王太后が「なかなか端整な男よ」と、エイセイの顔を覗《のぞ》き込んでいる。

「大陸の外にあります小さな島国の出身でございます」

「ほう。随分遠くから流れてきたのだな」

リュエルは一応自分のために用意された料理に手を伸ばしながら、彼らの会話に聞き耳を立てた。

「先ほどの舞いは、其方の故郷のものか。なかなか流麗であった」

全然興味がなさそうにしていたくせに、王太后がそんなことを言った。酌を促しながらエイセイのほうに身体《からだ》を寄せている。エイセイは、相手が王太后ということで、いつものように凄んで遠ざけるということもできずに、作り笑いで酌をしていた。

「あの舞いは先祖代々伝わるもので、形見のようなものでございます。家族も故郷も既になくしておりますので」

「それは憐れなことよ」

「幼き頃、兄と一緒に親に叩《たた》き込まれました。ああして舞っているときのみ、兄と共にいるような気がいたします」

エイセイがしんみりとした口調で、今はなき故郷の思い出を語り、王太后が同情するように相槌《あいづち》を打ちながら盃《さかずき》を掲げ、酌を受ける。さっきより更に二人の距離が近づいている。

一方のアスラーン王とイザドラは、他国の情勢についての話をしていた。行商で訪れた国国の流通や人々の生活の様子など、意外と真面目な話題に終始している。

エイセイのほうは、王太后にねだられるまま、自分の故郷の思い出話をにこやかに語っていた。

「兄には可愛がってもらいました。厳しい家でしたので、自由に遊ぶ暇はあまり持たせてもらえませんでしたが、親の目を盗んでは、外へ抜け出し遊んだものです」

「ほう。行商人などという下級な職にしては、立ち居振る舞いが洗練されていると思っていたが、なかなかの家柄の生まれだったか、其方は」

王太后の声音が一段高くなり、ねっとりと絡みつくような視線を送る。

「過去はどうであれ、今は何者でもありません。身分なき行商人でございます」

別人なんじゃないかと疑うほどのエイセイの物言いに、腹を抱えて転げ回りたくなったが、グッと我慢をして、リュエルは耳をそちらに向けたまま、目の前のご馳走《ちそう》を睨んだ。

「庭木の根元に石を並べた合図を作り、待ち合わせの場所や時刻などを伝え、兄と落ち合ったりもしました。黒石を二つ、白石を四つ、不自然に見えぬよう十字型に並べるのには苦労したものです。親に見つかれば蔵に入れられるので、予め《あらかじ》脱出用の穴を作っておきました」

「ほほ。なかなか知恵の回る子どもだったのだな。愉快だ」

王太后はエイセイの生まれが高貴なものらしいと知って、あからさまに態度が変わっていた。終い《しま》にはキャラバン隊を抜けて自分に仕えないかと勧誘まで始めている。どうやらエイセイのことをとても気に入ったようだ。普段の無愛想で毒舌極まりないエイセイを、見せてやりたい。

話題はエイセイの故郷から、この国の話に移っていた。街の人々の気の好い性質や、白い石材をふんだんに使った街並みの美しさなど、少々大袈裟《おおげさ》過ぎるお追従に、王太后は上機嫌で頷《うなず》いている。

「以前夜の散歩をした折に、オアシスの風景に心を打たれました。水面《みなも》に月が浮かぶ様子が大変美しゅうございました」

「うむ。昔は宮殿からも容易に眺められたものだが、今は多少遠のいてしまったからな。直接水面を望むことはできなくなってしまったのだ。残念なことよ」

しなを作った王太后が甘えるようにエイセイにしな垂れかかる。

「満月の夜には、この地に昔から伝わる神事があるのだよ」

「それはまた神秘的な」

「今は形だけのものになり果てておるが、遠い昔は、それはそれは格別な光景だったと聞いておる」

「そうなのですね。そろそろ満月が近うございます故、形だけとはいえ、是非とも見てみたく存じます」

気づけば二人はほとんど密着状態で、酌をするエイセイの手の上に、王太后が自分の手を添えたりしている。

アスラーン王は、そんな自分の母親の痴態を諫《いさ》めもせず、苦笑しながら見守っている。

王族が相手なので、エイセイからは邪険にできないのは仕方がないが、それにしてもくっつきすぎなんじゃないだろうか。こんなにお追従の上手い男だったとは知らなかったと、リュエルはイライラしながら料理を口に放り込み、強い力で咀嚼《そしゃく》した。

冷めた肉は硬く、屋台の串焼きのほうがよっぽど美味かったと思いながら、汁気も弾力もない肉を、力一杯噛みしめた。


「なんか随分卑猥《ひわい》な宴会だったな……！」

宮殿からの帰り、リュエルは宿へ向かって歩きながら、不満を爆発させていた。

いつになく緊張して臨んだ宴席だったので、何事もなく終わったのはよかったと思う。ただ、気分は悪かった。

「卑猥ってなんだ。王も王太后も満足したようだし、無難に済んでよかったじゃないか」

「いいのか？　あれでいいのか？」

「おまえ一人隅に追いやられたのはどうかと思うが、人族の王族なんか、そういう輩《やから》も多いからな、あまり気にするな」

「そんなのは全然気にしてない。一応料理も出たからな。冷めてたし、肉硬かったけど」

「気にしていないならいいだろう。土産ももらったことだし。あとは報告して終わりだ」

帰り際に酒を渡され、それは今エイセイが持っている。宴席で王太后たちが飲んでいたような高級品ではないが、中級品の上位くらいの価値だと、渡された袋を覗いたイザドラが言っていた。

「おれの待遇はいいんだよ。それよりあの女だろう。ベタベタして。まったく品がない。どうなんだよ、あれ」

「おまえに品がないといわれる王族も大変だな」

「笑いごとじゃないぞ。最後のほうなんて、エイセイ、袖の中に手ぇ入れられてたじゃないか。すんごい奥まで入ってたぞ」

「……まあな、ちょっとあれは困った」

「だろ！　ぬるぬるぅ～って、あー、気持ち悪い」

エイセイの苦笑いに勢い込んで文句を言い募っていると、少し前を歩いていたイザドラが「あれくらいで」と、呆れた顔をして振り返った。

「別に股間《こかん》に手を入れられたわけじゃないんだから、そんなに騒ぐほどのことかい」

「騒ぐだろ。袖でも股間でも手を入れられたのは変わらないって。むしろ同じだ。エイセイ、おまえ、股間触られたんだぞ！　もっと怒れよ」

「股間は触られていない」

「従者とかいっぱい見てるのに、神経疑うよ。人の目が気になんねえのかな」

「ああいうやんごとなきお方ってのはねぇ、生まれたときから傅《かしず》かれて生活してんだから、人の目があることなんかなんとも思わないんだよ。召使いなんざ絨毯《じゅうたん》の模様ぐらいにしか思っていないのさ」

「やんごとなきお方って恥知らずなんだな！」

イザドラがカラカラと笑った。

「それにしたって、隣には実の息子もいたんだぞ？　王様、困ってたじゃないか。というか、王様も王様だよ。なんにも言わないって、あれもどうなの？」

王太后の傍若無人な振る舞いに、確かにアスラーン王は困っていた。けれど文句を言うわけでもなく、最後には目に入れないように視線を逸《そ》らしていたのだ。

「お飾りっていうのが丸わかりだよな。この国の将来が心配だよ」

「往来で滅多なことを言うんじゃない。不敬罪で捕らわれるぞ」

エイセイに叱られ口を閉じるが、不満は解消しない。

「だいたい、エイセイも持ち上げすぎだって。おれ、エイセイがあんなに喋るの初めて見たぞ。故郷の話とか、あんなペラペラ喋ってよかったのか？」

「ガガリがいなかったからな。仕方がない」

いつもなら、ああいう場ではガガリがのらりくらりと躱《かわ》して煙《けむ》に巻くのだが、今日はいなかった。不器用な自分にはガガリのような技は使えないから、真正直に対応するしかなかったと、エイセイが苦笑する。

「剣舞が先祖代々で、親の形見だなんて、前にエイセイ、うろ覚えだったから自分で考えて振り付け作ったって言ってたよな」

「ああ。話の接ぎ穂を作るのに、適当に言った。国を出たのが四歳のときだぞ。覚えているわけがないだろうが」

「じゃあ、口からでまかせを言ったのか？」

驚いて大きな声を上げるリュエルに、エイセイはニヤリと笑い、「そうだ」と言う。

「え？　石を並べて合図作ったとか、蔵に穴を空けたとか、あれも？」

「少なくとも俺の経験ではない。四歳だぞ。できるかそんなの」

そう言って「行くぞ」と、スタスタ歩いていくエイセイを慌てて追い掛けながら、「なんでそんな嘘《うそ》言ったんだ？」と、重ねて聞いた。

「わざわざ嘘を言う必要なくないか？」

「だから話の接ぎ穂が欲しかったんだって。黙って酌をしているだけじゃ間がもてない」

「酷《ひで》えな！」

「別に酷くないだろう。接待だ」

何ら悪びれることなくエイセイが言って、「早く来い」とリュエルを急《せ》かした。

腑《ふ》に落ちないまま宿に戻り、留守番をしていた連中に土産の酒を渡すと、すぐに宴会が始まった。中級品よりちょっと上位の酒がテーブルの上に並べられ、わらわらと集まってきたみんなのグラスに注《つ》がれる。

ガガリもリュエルたちのいるテーブルにやってきて、「ご苦労さん」と労《ねぎら》った。ふて腐れているリュエルの頭をガシガシ撫《な》でる。

「なんだ。失敗でもしたか？」

「してない。宴会は滞りなく終わった。失礼も働いてないし、逆に向こうが失礼だった」

リュエルの声を聞いて、ガガリがエイセイに視線を送る。エイセイが「万事打ち合わせ通りにした」と頷くと、ガガリは安心したようにホッと溜め息を吐いた。

「上手くいったんだな。で、なんでリュエルは怒ってるんだ？　なんかされたか？」

顔を覗き込まれ、「別に」と素っ気なく答える。

「何もされてない。むしろ部屋の隅で放っておかれた」

それで察したらしいガガリが「そうか」と言って、また頭をガシガシ搔《か》き回してくる。

「この国は獣人が珍しいからな。嫌な思いをさせたな。悪かった」

「ガガリが謝ることない。変に絡まれて対応を間違うよりはいいから」

普段はがさつなガガリなのに、今日に限って神妙な態度で謝ったりするから、急いでそう言った。

「苦労したのはエイセイのほうだよ。王太后に凄い勢いで懐かれてた。キャラバン隊を辞めて、自分に仕えろって言われてたぞ」

「なんだと。それは困るな。しかしエイセイもやるなあ。随分気に入られたもんだ」

あんまり困ってなさそうな表情でそう言ったガガリが、「……で」と、改めた声を出したので、リュエルは顔を上げた。

「宮殿のほうはどうだった。王と王母がいたんだろ？　王妃はいないっていう話だが」

「ああ、いなかったな。まだ婚姻はしていないんだろう」

酒を注ごうとするガガリを手で押しとどめながら、エイセイが答える。

「そりゃあ、あんな母親がいるんじゃ、嫁なんか来やしないよ」

イザドラが自分のグラスをガガリの前に差し出して言った。

「強烈だったからね」

そう言って肩を竦《すく》め、注がれた酒をグイと呷《あお》る。

「そんなに強烈だったか」

ガガリが面白そうに身を乗り出す。

「エイセイなんか、ベッタベタに触られまくって、股間に手を入れられてたぞ」

「おい、嘘を言うな」

エイセイに睨まれ、プイと横を向く。

「王太后が全権を握っているね。王は傀儡《かいらい》だ。誰も逆らえない」

宴会の様子を見れば、リュエルにでも理解できた。王はただのお飾りで、この国の最高位は母親だ。

ガガリは「そうか」と相槌を打ちながら、考え込むように口元に手をあてている。

「難儀だなぁ……」

溜め息のような声でそう言って、ガガリは土産の酒瓶を指でピンと弾《はじ》いた。

土産の酒をたらふく呷り、皆が寝静まった真夜中。微《かす》かな衣擦《きぬず》れの音を聞きつけ、リュエルは目を覚ました。

布団を被《かぶ》ったまま、耳だけを音のするほうへ向ける。

寝台の横に立てかけてあった剣を佩《は》き、外套《がいとう》を着込んだエイセイが、そっと部屋の扉を開けた。

階段を降り、宿から出ていく。

宿の玄関扉が閉まった音を聞いてから、リュエルは寝台から身体を起こした。同じ部屋で寝ているアジェロとザームは、深酒だったこともあり、まったく起きる気配がない。

リュエルは素早い動作で支度を済ませ、忍び足で部屋を出た。

外に出ると、冷たい空気が肌を刺した。持ってきた首巻きをきつく巻き直し、マントのフードを目深に被り、耳を澄ます。

エイセイはリュエルが起きたことには気づかなかったようで、気配を殺さずに歩いていくから、すぐに所在が知れた。

広場のある方面に向かっているのを確認し、エイセイのあとを追う。あまり近づきすぎると察知されてしまうので、かなりの距離をあけ、神経を研ぎ澄ましながら足を進めた。

前に散歩に誘われたときに半分だった月は、今夜はだいぶ太っていて、明後日には満月になりそうだ。エイセイとリュエルの他に人影もなく、街は死んだように静かだった。

広場を過ぎ、大きな通りをエイセイが進んでいく。

「これ、このまま行くと宮殿に着くよな」

広場から放射線状に伸びた道の一番広い通りの先にあるのは、数時間前に訪れたばかりの宮殿だった。

心臓が早鐘のように鳴る。もしかしたら、あの王太后と逢い引きの約束でもしていたのだろうか。

「……嘘だろ?」

信じられない気持ちで、ここからは見えないエイセイの背中を追った。

やがてエイセイは通りから外れ、木々の茂る林へと入っていった。宮殿の側にあるオアシスの畔《ほとり》だった。

真っ暗な木々の向こうに、月に照らされた水面が見え隠れしている。木立の中ほどまで進んだエイセイが、不意に身体を屈《かが》め、その姿勢のままジリジリと前へと進んでいく。それから低木が生い茂る藪《やぶ》の中に身を潜めると、そこから動かなくなった。

「ここで待ち合わせ？　でも隠れてるよな……？」

エイセイのいる場所からかなり離れた後方にリュエルも身を潜め、その姿を見張り続ける。

時折風が吹き、オアシスの水面が揺れている。月が隠れて暗くなったり明るくなったり、雲が流れるたびに湖畔の風景を変えていく。

「……あ、これ、違う。待ち合わせじゃない」

エイセイにばかり注目していたが、更に神経を集中させたら、エイセイの他にもう一人の気配があることに気がついた。水辺近くにある一本の木にもたれ掛かるようにして、男が一人立っている。

雲に遮られながら見え隠れするその男は、リュエルもよく知っている人――ガガリだった。

エイセイはガガリのあとを追ってここまでやってきたようだ。

リュエルは自分の胸に手を当て、大きく深呼吸したあと、エイセイの潜む草むらに向かって移動した。

「……なんだ。おまえか。何をしている」

リュエルの存在に気づいたエイセイが、もの凄く剣呑な声で問うてきた。

「一瞬殺されるかと思った」

「当たり前だ。この状況で背後から近づいてきたらそうなるだろう。危なかった」

リュエルの接近に、エイセイは素早く剣の柄《つか》に手を添え、相手がリュエルだと分かるとすぐに殺気を解いた。迂闊《うかつ》に近づいていたら、一瞬で袈裟懸けに斬られていただろう。背中に冷たい汗をかく。

「何してんの?」

「見れば分かるだろう」

見ても分からないから聞いているのだが、エイセイは不機嫌を隠しもせずにそう言った。

「帰れ」

すげなく言われ、「嫌だ」と即答する。鋭い眼光で睨まれるが、無視してエイセイのすぐ横に滑り込んだ。

「ガガリを追って来たんだよな。なんで?　っていうか、ガガリは何してんの?」

「待ち合わせているんだろう」

誰と?　と聞こうとしたが、思い当たる人が二人浮かんだ。アスラーン王と王太后だ。どっちだろう。

「宮殿に行って王に会ったら、伝えてくれと頼まれたんだ」

待ち合わせの相手は、アスラーン王のほうだった。

庭の木の根元に置いた秘密の合図。黒石が二つに白石が四つ、十字型に並べたそれは、待ち合わせの時刻と場所を示している。

「あれってエイセイのでまかせじゃなかったんだ」

「ああ。……上手く伝わっていればいいんだが」

エイセイは託された伝言を、アスラーンに秘密裏に伝え、この結果を確かめるためにやってきたのだという。

リュエルはエイセイが起き出したところで気がつきあとを追ってきたが、エイセイは宿に戻ってからずっとガガリの動向を見張っていたらしい。

「じゃあ、ガガリはおれたちがここにいることを知らないんだ」

「俺もあいつも何も言っていないからな。だが、感づいてはいるだろう」

頼まれたのは伝言だけで、石の合図がいつのどこを示しているのかは教えられていなかった。素性を隠しているため宮殿に行けないガガリはエイセイに伝言を託したが、その後はあくまで一人で行動するつもりらしい。けれど流石に危険だと判断し、エイセイも独断で護衛をすることにしたのだ。

「ガガリとアスラーン王ってどういう関係なんだろうな」

「分からん。だが、本人たちはともかく、周囲は穏やかな関係ではないだろうな」

街でも常に顔を隠し、宮殿にも入らず、こうして密《ひそ》かに落ち合うしか方法がないのだ。二人が接触することが事前に知られるようなことがあれば、問題が起こるのは明らかだ。

「だからここは危険だ。王が抜け出したのが向こうに知れた時点で何が起きるか分からない。おまえは宿に戻っていろ」

「だったらなおさらここにいる」

懐から投げナイフを取り出し、掌《てのひら》に収める。

「遠距離からの攻撃なら、おれのほうが得意だ。絶対にここにいる」

テコでも動かない構えを見せると、エイセイは大袈裟に溜め息を吐いた。

「……もし、複数の気配が近づいたら、すぐさま走れ」

「嫌だ」

「違う。陽動だ。派手に逃げて敵を攪乱《かくらん》しろ。その隙に俺はガガリのもとへ行く」

「分かった。任せろ」

全神経を集中して、辺りの気配を探る。

やがて雲が切れ、月がオアシス全体を照らし始める。

「っ！　……来た。一人だ」

宮殿のある方角から、早足で人が近づいてくる。間違えないように用心深く探るが、その人以外は誰の気配も感じられなかった。確かに一人きりでやってきたようだ。

そしてリュエルが気づいてから一拍遅れて、木に凭《もた》れていたガガリも身体を起こした。リュエルと同じように他に誰かいないかを確かめたあと、身体の力を抜き、近づいてくる人物を出迎える。

「兄上……っ！」

密やかな、それでも興奮を抑えきれないような声で、アスラーンがガガリを呼んだ。そのままガガリの胸元に飛び込んで、二人はきつく抱き合っている。

「兄上。ああ、信じられません。よくぞご無事で」

ガガリを兄と呼ぶアスラーンの声はうわずっていた。会いたかったのだという心情が、震える声とガガリを見上げる横顔から溢《あふ》れている。

「街に見知らぬキャラバン隊がやってきているとは知らせを受けていましたが、まさかその中に兄上がいるとは思いもしませんでした。今日の宴席で、エイセイという名の者が、二人で取り決めた符牒《ふちょう》の話をしたときは、夢かと思いました。……本当に、信じられなかった」

宮殿の中庭にある大樹の根元が、二人の秘密の交信場所だった。多国からやってきた行商人の男が、誰にも知らせていない秘密を突然語りだし、半信半疑のまま、それでも確かめずにはいられなかったと、アスラーンは声を潤ませた。

「あれは信用のおける俺の相棒だ。一か八かで託したんだ。俺もおまえがやってくるか半信半疑だったが、会えてよかった。元気そうだな」

「……兄上」

水辺に佇《たたず》む二人は、久方振りの再会を喜び、再び抱擁を交わす。

リュエルとエイセイは、周囲の警戒を怠ることなく、二人を見守り続けていた。

兄弟だったのかと、一つになっている影を見つめながら、リュエルは衝撃を隠せなかった。

今までの経緯から、この国に深い関わりがあるとは予想していたが、まさかガガリが現王の兄だとは思っていなかった。

「吃驚した。……ってことは、ガガリって王族だったの？　あの二人全然似てないけど。え？じゃあ、あの王太后はガガリの母親なのか？　嘘だろ……っ」

新たな衝撃の事実に愕然《がくぜん》とする。

「たぶん違う。腹違いか何かだろう。そうでなければガガリが身を隠す必要がないからな。恐らくはあの母親のせいで、この国から出ることにでもなったんじゃないか。継承者争いとか、そんなところだろう」

「そうか。そうだよな」

エイセイの説明に、リュエルは心から安堵《あんど》した。あんな傲慢《ごうまん》な女がガガリの母親だとは信じたくない。そしてガガリのこれまでの行動にも納得できた。

「父上が亡くなりました。兄上が出奔してからしばらくしてからのことです」

リュエルとエイセイが、ガガリたちの関係について憶測を巡らせているあいだにも、二人の会話が続いている。

「ああ、知っている。行商で訪れた先で、この国の者に偶然出会ったんだ。即位したんだな。遅ればせながらおめでとう」

ガガリの祝いの言葉に、アスラーンは小さく首を横に振る。

「兄上がいなくなり、私が継ぐしかなくなりました。……けれど、上からの押さえがなくなった母上が奔放に振る舞うようになり、今の現状です」

暗い声で、アスラーンは王太后の天下となったこの国の窮状を訴える。夫だった前王がいなくなり、年若いアスラーンの後見役に収まった母親は、我が世の春とばかりに、好き勝手をし始めた。

「母上に意見をする者は皆遠ざけられました。今まで国に貢献してくれた者も、どうにか処刑を回避して、国外へ逃がすぐらいしか私にはできませんでした。それでも、少なくない数が犠牲となってしまいました。本当に情けない……」

王太后は、自分の行動を制限しようとする者、対抗する者を容赦なく排除し、権威者としての地位を確固たるものにした。アスラーンが成人してからも、母親から権威を取り上げることは叶《かな》わず、今も傀儡の王として玉座に座り続けるしかない。

「私ではもう、この国を導いていくことは叶いません。兄上、どうか戻ってきてくださいませんか」

ガガリを見上げ、アスラーンがその胸に縋《すが》り付く。しかしガガリは静かに弟の身を剥《は》がし、ゆっくりと首を横に振った。

「無理なのは分かっているだろう。俺が今戻っても、誰もついてはこない。自分の身可愛《かわい》さに、ここから逃げ出したんだから」

「そんなことはありません！　兄上は誰よりも王に相応《ふさわ》しい資質を持っていました。兄上さえ戻ってきてくれたら」

「駄目だ。この国を救うのは俺じゃない」

アスラーンの懇願を遮り、ガガリが決然と言い放つ。

「……月が掬《すく》えないのです」

ガガリの拒絶にアスラーンは力なく俯《うつむ》き、苦しげな声でそう言った。

「刃向かう水神子を、母上が粛正してしまいました。今は私を含め、水神子はもう五人しか残っていません」

「それは……」

アスラーンの告白にガガリが絶句した。意味は分からないが、「月が掬えない」という事実は、とても重大な問題らしい。

「痕跡が消えているのは、ここに来たときにすぐに分かったが。……そうか。五人しか残っていないのか。そりゃ……難儀だな」

ガガリがごく小さく「……あの女」と呟《つぶや》いた。たぶん弟には届かず、獣人のリュエルにしか聞き取れない、ガガリの怨嗟《えんさ》の声だ。

「この広大な砂漠の中、たった五人では月を掬うどころか、見つけることすら困難です。水神子は激減し、月水も失い、国民の心も離れていっています。母上が追い出した者以外にも、大勢がこの国を自ら去りました。もう私の力では、民の心を引き留められません。ですから、どうか兄上」

悲愴《ひそう》な声でアスラーンが助けてほしいと懇願する。

「俺は水神子じゃない。戻っても月なぞ掬えないぞ」

「それでも、……だからこそ、兄上が必要なのです」

自分では駄目だ。無理なのだと、深く俯いたまま拳を振るわせている。

「兄上さえ戻ってきてくれたら、月水がなくとも、民の心を取り戻してくれるでしょう。私ではもう……」

「アスラーン」

ガガリが弟の名を呼び、その頬を両手で挟み、俯けた顔を上向かせた。

「それでもおまえがやるんだ」

冷酷にも聞こえる声で、ガガリが弟を諭す。

「俺はこの国を捨てた人間だ。十五年以上ものあいだ、側に寄りさえもしなかったんだぞ。今更帰ってきて何ができるっていうんだよ」

「ですが」

「俺にはもう、新しい居場所があるんだよ。俺は今度こそ大事な居場所を手放したくない」

強く、けれどごく穏やかな声で、ガガリが説得する。大事な場所は自分で守れと、そう言ってアスラーンの頭を撫でる仕草は、リュエルにもよくしているものだ。

「もう成人して何年も経《た》つんだろう？　無理だと嘆いてないで、自分でなんとかしてみせろ。お前がこの国の頂点なんだ。頑張らないでどうする」

言い聞かせるようなガガリの声は、弟に対する兄の情が感じられる。

「おまえが決断して動くっていうなら、多少の手助けぐらいはしてやれるから。国外に逃げた近臣の者の居場所は分かっているか？」

「少しは……。ここから出すのに手を回したのは私ですから」

「頑張っているじゃないか。じゃあ、俺がそいつらを集めてやる。水神子も、一人は居場所を知っている。あいつも他の者の居場所を知っていそうだったからな。王宮にもおまえを支持する者は必ずいる。今は声を上げないだけだ。大丈夫だ。焦らず味方を増やしていけ」

一つ一つ、ガガリが解決策を講じていく。ガガリキャラバンの隊長は、国の危機に対しても、遺憾《いかん》なくその能力を発揮するようだ。

「月水の問題は、……こっちは逼迫しているな」

オアシスに顔を向けたガガリは、「なんとかなるか……?」と、自問自答のような声を出している。

「満月は明後日か」

オアシスから視線を移し、夜空に浮かぶ月を仰いだガガリは、「よし」と、力強く頷いて、もう一度、アスラーンの髪を優しく撫でてやるのだった。


オアシスで弟王と別れ、宿への道を辿《たど》るガガリの後ろについていった。大股《おおまた》で歩く後ろ姿は、迷いが消えて、スッキリしているように見える。

どこにも寄り道をせずに宿に辿り着いたガガリが、部屋に戻った頃を見計らって、リュエルたちは宿の扉を開けたのだが、ガガリは部屋に戻っておらず、食堂のテーブルに一人で座っていた。

「よう。護衛ご苦労さん」

そう言って酒の入ったグラスを目の高さに上げ、口に運ぶ。「まあ、付き合えよ」と、手招きされたので、二人で並んでガガリの向かい側に座った。

「リュエルは水な」

そう言ってテーブルに予め用意されていた二つのグラスのうち一つにだけ酒を注いでいる。

「なんでだよ。おれにもくれよ。……って、もう水入ってるし！」

自分も酒を注いでもらおうと思ったら、既にグラスに水が満たされていた。エイセイの仕業だ。

「ガガリって王様の兄さんだったんだな。吃驚した。やんごとなきっていうやつか」

リュエルの言葉にガガリが噴き出した。「そんなんじゃねえよ」と笑って、零《こぼ》れた酒を拭いている。

「継承者問題でこの国を追われたのか？」

エイセイの問いに、「ああ」と軽く頷き、ガガリが再びグラスに酒を注いだ。

「俺は継ぐ気なんざ一欠片《ひとかけら》もなかったんだが、周りはそうは思ってくれなくてよ。一応長男で生まれたんだが、まあいわゆる庶子ってやつで、いろいろと問題があったわけだ。で、面倒くさいから逃げたんだ」

ガガリの母親は王付きの召使いで、王には正室の他に側室が二人いたが、長い間、ガガリ以外の子どもには恵まれなかった。

正室はもちろん今の王太后で、ガガリが生まれてから七年後に、ようやく待望の男子が生まれた。現王であり、ガガリの異母弟の、アスラーンだ。

あとになって考えるに、側室に子ができなかったのは、正室からの執拗《しつよう》な妨害があったたんじゃないかと、ガガリは言った。

「先に側室が子を産まないようにと目を光らせているうちに、まったく標的にしていなかった女が子を産んだんだ。向こうも焦ったと思うぜ。よく生きて国を出られたと思うよ」

ガガリはまるで楽しい思い出話をするように、「いやー、大変だった」と笑いながら肩を竦める。

「アスラーンが生まれてからは、そりゃもう嫌がらせに拍車が掛かってな。こっちは子どもだろ？　防戦一方だ。部屋の鍵を何重にもして、食い物も飲み物も徹底して用心したさ」

「ガガリはいくつんときにこの国を出たんだ？」

リュエルの問いに、ガガリは斜め上方向を見上げ、「十七だったかな？」と、疑問符を付けて答えた。

「母親が死んだからな。もう、頑張ってここにいる意味もないだろうってことで。あ、暗殺されたんじゃねえぞ。ちゃんと病死だ」

あっけらかんと出奔のきっかけになった母の死を語り、「まあ、病んだ原因にあの女がいたっていうのもあったのかもしれねえけどな」と、付け足した。

「それは……なんか、凄く大変だったな」

リュエルもエイセイも、過去に辛《つら》い経験をしたが、ガガリも相当なものだ。毎日の食事では毒を疑い、安眠すら取れない生活は、「大変だった」なんていう言葉では語れないほど辛いものだったろう。自分の立場を脅かす者として敵視され、命を狙《ねら》われ続けた十七年間は、想像ができないくらい、壮絶な月日だったと思う。

国を出てから十五年近く、地図に空白を作り、近寄ることさえしなかったガガリの心情は痛いほど理解できる。下手に戻って、あの王太后に存在を知られれば、どんな災難が降りかかるか分からないのだから。

それなのに、ガガリは戻ってきた。

「アスラーン王はガガリにえらい懐いてたよな。仲よかったんだ。ちょっと不思議」

「そりゃあ、おまえ、処世術っていうものよ」

難しい言葉に首を傾げるリュエルに、ガガリは笑って「上手く立ち回るしかないだろう」と言った。

自分は王座などまったく狙っていないと示すために、弟を立てることに尽力した。可愛がり、俺はおまえの味方だと売り込み続けることで、自分と母親の身の安全を図ったのだと、ガガリは少し悪い笑顔を作った。

「そうやってアスラーンを可愛がっていれば、あの女も多少は目こぼしをしてくれたからな。まんまと懐いてくれて助かったよ」

自虐的な笑みを浮かべ、「弟を利用した」と語るガガリだが、さっきのオアシスでの二人の姿を見ていれば、それだけではないことはリュエルにも分かった。

アスラーンを抱き締めたときも、頬を包んで諭していたときも、優しく頭を撫でている仕草にも、アスラーンに対する愛情がちゃんと詰まっていた。

故郷の窮地を知り、危険を冒して戻ってきた一番の理由は、きっとあの弟だったんだなと、誤魔化《ごまか》すようにグラスを傾けているガガリを見て思った。

「それで、どうするんだ？　明日にでも発って、王太后に追い出されたっていう人たちを探すのか？」

リュエルが聞くと、ガガリは少し迷うように、手にしたグラスに目を落とす。

「それもあるが、その前にやることがある。ちょうど明後日が満月だからな」

「満月の晩に行う神事というやつか？」

エイセイの言葉に、そういえば王太后が確かそんなことを言っていたと思い出した。今は形ばかりが残っているのだとも。

「そう。『月を掬いに行く』。エイセイ、悪いが手を貸してほしい」

「月を掬うというのはなんなんだ？」

エイセイの問いに、ガガリは宿の窓に顔を向け、「あれが砂漠に降りてくる」と、窓の外にある月を指さした。

満月の夜に、砂漠に水の蜃気楼《しんきろう》が出現する。

蜃気楼が生む、砂漠にできた水溜まりに、月が降りてくる。水面に映る月を掬いだし、用意された水の中に浮かべたものを、月水という。その月水を、井戸や農地用の貯水槽、広場の噴水など、水を溜めておける場所に納めると、そこから水が湧く。一度月水を治めた場所では、三月から半年ほども水が湧き続け、国を潤してくれるのだ。

月を掬うことができるのは、水神子と呼ばれる者のみで、昔からこの国にはそういった神秘の力を持つ者が、家柄や身分とは関係なく、一定数生まれてくるという。

「月を掬う」とは、その言葉通り、月を掬い上げる行為のことを指しているのだ。

そうしてここルゴール王国は、満月の晩に「月を掬いに行く」神事を繰り返すことで、砂漠の中にありながら、存続し続けることができているのだそうだ。

「そんな不思議な現象があるんだ。ちょっと想像できないというか、すぐには信じらんないけど……まあ、そんなこともあるのかな。あるんだろうな」

ガガリの話はお伽噺《とぎばなし》のようで、まるで現実のものとは思えない。でも、今まで確かに「月が見つからない」とか「月が掬えない」などの言葉を多く聞いている。

「エイセイの力を間近に見ているくせに、そういう反応なんだな」

ガガリは笑ってリュエルのグラスに満たされている水に目をやる。「これと同じだろ?」と、グラスを手に取り、リュエルの前に翳《かざ》す。

「神秘の力ってのは、一つだけじゃねえってことだ。俺は生まれたときからこの国が月水の恩恵に与《あずか》っているのを知っている」

月水は確かに存在し、ルゴールの民を潤し続けてくれたのだと。

「けど、あの女による粛正で、今この国にいる水神子は激減した」

水神子の持つ力は男子にしか宿らず、月を掬う神事に参加するのは成人してからと決められている。しかし、王太后が水神子を迫害したせいで、それ以降、新しく水神子を名乗る者がいなくなり、ますます神事を行うのが難しくなるという悪循環に陥ってしまった。

「月が何処《どこ》に降りてくるのかなんて、そのときにならないと分かんねえんだよ」

広大な砂漠の中を探し回るうちに、夜が明けてしまうことも少なくない。一晩で掬える月は、五十人の水神子が総出で探しても、一桁《ひとけた》がせいぜいで、十も見つけられたら、国総出で喜んだという。

それが今はたったの五人。新しく月水を納めることができなくなり、広場の噴水は涸れ、井戸も減った。水の供給をすべてオアシスに頼るしかなくなってしまい、そのオアシスも年年規模を減少させる結果となってしまった。

ガガリの話を聞き、リュエルは広場の噴水跡を思い浮かべた。水がなくなってから、いったいどれくらいの月日が経ったのだろう。

「だからエイセイ、おまえに手を貸してほしい」

「手を貸すのはいいが、俺は月を掬うなんてできないぞ」

石の力で水を湧かせることはできるが、ガガリが今説明したような神事など行えない。水神子の力は、この土地独自の神秘だ。宝玉の持つ力とはまったく違う。

エイセイの言葉に、ガガリはニヤリと笑って「手伝ってほしいのは別のことだ」と言った。

「おまえ、水の気配が分かるだろ？　水神子と一緒に探してほしいんだよ」

月は水神子にしか掬えない。その上今は、砂漠のそこかしこに降りてくる月を見つけることすら困難なのだ。

「俺も水神子じゃねえから、月は掬えないんだ。けど、気配はなんとなく分かる。神秘の力っていうほど凄いもんじゃねえけど、月が降りてきたら、見つけられると思うんだ。そんで、それはたぶんおまえにもできる」

そう言ってガガリがエイセイを見つめた。

「おまえに声を掛けて、キャラバンに引き入れたのも、おまえに水の気配を感じたからだ」

まさかここまで凄い力だとは思わなかったけどなと言って、ガガリが笑った。

満月は明後日に迫っている。

「駄目なら駄目でしょうがない。他に水を引く算段を考えたっていい。俺がいた頃より水の気配は相当減ったが、それでもまったくなくなったわけではないんだ」

そういえば、オアシスの畔に立ったとき、エイセイも水の気配がすると言っていた。それなら井戸を掘ったり、地下の水脈を浮かせたり、月水を頼らない方法が取れるかもしれない。

「満月の夜に月は確実に降りてくるんだ。俺がいるあいだに試すだけ試してみたい。一つでも多く見つけて、民に希望を持たせてやりたい」

王位を継ぐ野望などなく、国を捨てて逃げたガガリは、それでもこの国の民のことを思い、救ってやりたいのだと、エイセイに頭を下げる。

「一人より二人のほうが見つける確率が上がるだろ？　だからエイセイにも頼みたい」

エイセイはガガリを制するように片手を上げ、「分かったから頭を上げろ」と言った。

「上手くいくかは分からないが、やるだけやってみよう」

顔を上げたガガリは、晴れやかな笑顔で「恩に着る」と右手を差し出した。エイセイもそれを受け、二人が握手を交わしている。

「なあ、それ、おれも手伝える？」

水の気配は分からないが、自分にも何かできることがあるんじゃないかと、リュエルは二人のあいだに割り込んだ。

ガガリとエイセイは同時に首を傾げ、困ったような顔をする。

「おれも手伝いたい」

「そうは言ってもな……」

「なんでもいいよ。使いっ走りでもなんでもする。手伝いたいんだ」

一晩中月を探して歩くのなら、飯の調達をするだけだっていい。月は掬えないが、月水を入れた器を運ぶとか、何かできるはずだ。

「キャラバンのやつらだって、頼めばやるって言うと思うよ」

「いや、そこまで大袈裟にするつもりはねえんだ」

「なんで？　砂漠の村で井戸を掘ったり、畑を作ったりしたじゃないか。あれと同じだろ」

自分の故郷のことだからと、ガガリは遠慮をしているのだろうか。リュエルに言わせれば、逆だと思う。ガガリの故郷が困っているから、できるだけ力を貸したいと思うのだ。

「おれたちガガリキャラバンは、井戸掘りから戦《いくさ》の手伝いまで、なんでも請け負う集団なんだろ？　今回は月を掬うのに手を貸すってだけじゃないか」

リュエルの訴えに、しばらく考え込んでいたガガリは、やがて吹っ切れたように「そうだな」と、晴れやかな笑顔を作った。

「どうせなら、ガガリキャラバンとして、大々的に手伝うとするか」

空に満月の浮かぶ夜。リュエルたちは城壁の外にいた。空に雲は一つもなく、煌々《こうこう》と月明かりが砂漠の海を照らしている。

夜の砂漠に立っているのは、アスラーン王を含む五人の水神子と、側仕えたち、彼らを守る兵士が数人いる。それから、イザドラを外したガガリキャラバンの仲間たちだ。

月を掬う神事は男しか行えず、女性は姿を見せてはいけないのだそうだ。ルゴールに住む民たちも家に籠《こ》もり、無事に月を見つけられるようにと祈っているらしい。

神事を前に、オアシスでお清めを済ませた水神子たちは、緊張の面持ちで砂漠を見つめている。そこにはアスラーンの姿もあり、誰よりも真剣な眼差《まなざ》しを向けていた。

若き王は、宴会ではどこか頼りない雰囲気を纏《まと》っていたが、今は月の光を浴びて、神々しい姿を皆の前に晒《さら》している。ガガリのように圧倒するような逞《たくま》しさはなくても、覚悟を決めたその表情には、確かに王の威厳が備わっていた。

一方、王と並んで佇んでいる他の四人の水神子たちの顔色は冴《さ》えない。年々神事を行う人数が減っていき、ここ数年は一つも月を掬えない事態に陥っていた。今回も見つけられず、国の人々を落胆させることを恐れているのだろう。

水神子以外の人々は、それぞれに木桶《きおけ》や陶器の器、大きな水差しなどを持っている。キャラバン隊の連中も同じく、熊族のドゥーリなどは桶を何重にも重ねたまま肩に担いでいた。

アスラーン王以外の人たちは、リュエルたちの存在に戸惑っている様子だが、王が何も言わないので、黙っているしかないようだ。ガガリは水神子たちの背後に立ち、じっと砂漠を見つめている。今日も顔には布を巻いていた。

やがて月が中天に到達し、辺りに明るさが増してくる。

……コポコポと、どこかから水音が聞こえた気がした。

リュエルは耳をそばだて、音のするほうに目をやるが、波のようなうねりの形を作る大小の砂山があるだけだ。

胸に手を置き、更に耳を澄ます。

エイセイのように水の気配は分からなくとも、砂漠の砂の声が聞こえるのではないかと、そんな期待をして目を瞑《つむ》った。胸の奥、父から託された土の宝玉がある辺りから、ポゥ、と温かくなっていき、胸に当てている掌まで、その熱が伝わってくる。

ゆっくりと目を開けると、そこには先ほどはなかった風景が広がっていた。

砂漠に靄《もや》がかかっている。

薄《うっす》らと地面が煙り、立ち上る靄に砂漠が覆われていた。

「……凄い。まるで雲の上にいるみたいだ」

初めて見る幻想的な景色に、リュエルは息をするのも忘れ、目の前の光景をただ眺めていた。靄が揺らめき、辺り一面が湖面のように輝いている。

目を凝らすと、砂の窪《くぼ》みに水が溜まっているように見え始めた。雨上がりの道のように、あちらこちらに水溜まりができている。とても不思議な現象だ。

立ち尽くすリュエルの周りでは、水神子たちが水面に映る月を探して、靄の中を歩き回っている。腰を屈め、足元に顔を近づけ、水溜まりの一つ一つを覗き込んでは、熱心に月を探していた。

皆が月を探して下を向いている中、ガガリが背筋を伸ばしたまま立っていた。遠くを見つめていたガガリが、不意にスッと腕を伸ばし、水溜まりの一つを指し示す。

ガガリの指し示す方向に足を向けたアスラーンが、一つの水溜まりの前に跪き、その中にそっと手を入れた。ガガリがアスラーンの側まで行き、持っていた桶を地面に置き、水差しから水を注いでいる。

身体を起こしたアスラーンが、何かを掬い上げるように両手を添え、ガガリが用意した桶に、そっとそれを入れた。月を掬い上げたアスラーンの掌が、薄らと光っている。

側近の一人がアスラーンの前に跪き、地面に置かれた桶を大事そうに手に取った。

「……ああ。何年ぶりでしょう」

まるで生まれたての赤ん坊を慈しむように、持ち上げた桶を両手で抱え、側近が木桶を運んでいった。兵士の立つ城壁まで辿り着くと、持ち上げたときと同じように、丁寧な動作で桶を置いた。

リュエルは今置かれた桶にそっと近づき、上から覗いてみる。

水の中に、まん丸の月が沈んでいた。黄金《こがね》色のそれはツヤツヤとした光を放っていて、水が揺れても揺るがない。じっと眺めていると、コポコポという、最初に聞こえたあの水音が、桶の中から聞こえてきた。

「触ってはいけませんよ。水神子以外の者が触れると、消えてしまうのです」

兵士が心配そうに声を掛けてきて、リュエルは「分かった」と頷いて、両手を自分の後ろに回し、動かないように組んだ。

子どもっぽい仕草だと自分で思うが、水の中に沈む月があまりにも綺麗《きれい》で、無意識に触ってしまいそうだと思ったからだ。それぐらい美しく、ずっと眺めていたいと思った。

リュエルが月水を眺めているあいだにも、水神子たちは蜃気楼の靄の中、月を探して歩いている。

視線を巡らせると、かなり遠くのほうにいるエイセイが、補助を求めるように辺りを見回しながら立ち尽くしているのが見えた。

「エイセイも見つけたんだ。なあ、誰か手伝ってあげて」

月を見つけても、エイセイには掬えない。リュエルは近くで月を探している水神子の一人の側まで走り、「あっち、見つけたみたい」と声を掛けた。

突然見知らぬ者から話し掛けられた水神子は、戸惑うような顔で、その場から動かない。

「あの人が見つけたって言ってる。お願い、行ってあげてくれないかな」

エイセイのほうを指さし、水神子の腕を取って歩き出した。リュエルに突然引っ張られた水神子は、一瞬身体を強張《こわば》らせたが、もう一度「お願い」と頼んだら、半信半疑という態《てい》で、それでもついてきてくれた。

「……本当に月がある」

エイセイの側まで行き、指し示された水溜まりを覗き込んだ水神子が、信じられない顔をして、エイセイと月とを見比べた。

「見つけることはできるが、俺は掬えないから。頼んでいいか?」

エイセイの声にビクリと身体を震わせた水神子が、次には我に返ったようにして急いで跪き、そっと水溜まりの中に両手を入れた。

掬い上げた手の中に、月が浮かんでいる。

「……わあ、凄い綺麗だな。あ、コポコポいってる。なんか可愛い」

水神子の掌にある月を覗き込んで、リュエルがはしゃいだ声を上げると、「……ぅう」という嗚咽《おえつ》の声を漏らし、水神子が突然涙を零した。

「……やっと、やっと掬えました。もうずっと長いこと見つけられなかったのです。ありがとうございます。ありがとうございます」

水神子は何度も礼の言葉を言い、はらはらと涙を零し続けた。

「あっちにもあるようだ。一緒に行ってくれないか」

泣いている水神子にお構いなく、エイセイが次に月の気配がある場所へ、スタスタと歩いて行き、水神子が「……え、あっ、はい」と流れる涙を拭《ぬぐ》う暇もなく、月水を桶に移し、慌ててエイセイの後ろを追い掛けるのだった。

「もうちょっと感動に浸らせてやれよ」

エイセイの容赦のなさに呆れながら、リュエルはその場に置き去られた月水の入れられた桶を、そっと持ち上げた。

「これ、置いてくるから。代わりの桶を持ってくる」

去って行く二人の背中にそう声を掛け、リュエルは城壁の側まで月水を運んだ。揺らしたらせっかく手に入れた月が壊れて消えそうで、なるべく急ぎながらも丁寧に、月の入った桶を運んでいく。

「大丈夫かな……。消えちゃったりしないよね」

そっと、そっと、桶を揺らさないように気をつけながら、やっとの思いで城壁の前まで行き、月の入った桶を置く。すぐさま空の桶を持って、急いでエイセイの元へ走っていった。

そして別の場所ではガガリがまた月を見つけたようで、アスラーンと共に歩いていた。

「ドゥーリ、こっちへ。桶を持ってきてくれ」

ガガリに呼ばれたドゥーリが桶を持って走り、先ほどガガリがしたように地面に桶を置き、水を注いだ。アスラーンが手に掬った光を、再び桶の中に入れる。

水溜まりはあちらこちらにあり、だけど月が浮かぶものと、浮かんでいないものがある。ガガリとエイセイは、月が降りている場所を的確に見つけられるらしく、一つ見つけては指し示し、水神子が到着すると次の場所へという具合に、靄の掛かる砂漠の中を、どんどん

歩き回っていた。

エイセイの素っ気ない物言いと、布で顔を隠したガガリの風体に、最初は戸惑い警戒していた人たちも、二人の働きを認め、キャバラバン隊の他の連中も含め、自然と連携をとれるようになっていた。

ガガリたちのもとへ駆けつける水神子、桶を渡すドゥーリたち、水を差し入れる側近、月を掬い上げた桶や鉢を運ぶリュエル。静かに、それでいて忙《せわ》しなく、砂漠に掛かる靄の中を人々が蠢《うごめ》く。

アスラーンはずっとガガリと共に行動していたが、やがて周りに水神子たちが集まり、ガガリの指示を待つようになると、そこから外れ、一人で月を探し始めた。

「あった。ありました。月を見つけました。誰か桶を」

皆がいるところからかなり遠く離れた場所で、アスラーンが叫んだ。その声にガガリがいち早く答え、桶と水差しを携えて駆け寄っていく。

恭《うやうや》しい仕草で月を掬うアスラーンの側で、同じように膝をついたガガリがその行為を見守っている。

「自分で見つけられました」

「ああ。よかったな」

「何か、要領が摑《つか》めたような気がします。水の揺らめき具合が他と少し違って見えて……」

「そうか。それなら次にも見つけられそうだな」

「はい」

弾んだ声で話すアスラーンは、ここからは見えないけど、たぶん満開の笑顔だろう。覆面に隠されたガガリの表情も、きっと同じだ。

不意にガガリの右手が動き、アスラーンの頭を撫でようとして、途中でその動きを止め、ゆっくりと自分の膝の上に置いた。

五人の水神子たちによって満たされた月水の桶は、五個、十個と増えていき、やがて用意した器すべてに納められた。

満月の晩の月掬いの神事は、こうして終わりを告げたのだった。


月水の入った桶や鉢を、皆で手分けして街の中まで運んでいく。

粛々とした行列は、未だ神事の続きを行っているような錯覚に陥る。けれど皆の表情は明るく、足取りも軽かった。

やがて広場に到着し、今は涸れている噴水の前に、月水の入った器が集められた。

「陛下。これへ月水を」

側仕えがアスラーンの前に跪き、月水の入った鉢を掲げた。

鉢の中に手を差し入れ、アスラーンが月を再び掬い上げる。ゆっくりと噴水跡に近づき、そっとその中に月を納めた。

コポコポと、砂漠で聞いたときよりも大きな水音が立ち、石で囲まれた何もない場所から水が湧き始めた。石の白さよりも明るい光が噴水を包みこみ、みるみるうちに水が増えていく。水面に映る満月は、水の流れにゆらゆらと揺れ動いて、桶に入っていたときのような実体がない。それは水神子が掬い上げた月ではなくなったことを示しており、純粋な真水に変化した証拠だった。聞こえてくるのは、先ほどのコポコポという可愛らしい音ではなく、ザアザアと流れ出る清涼な水音だ。

奇跡の瞬間を目の当たりにし、リュエルはしみじみと感動していた。

以前はエイセイと二人きりで経験し、あのときも美しい光景に息を呑《の》んだ。今こうして大勢で分かち合う奇跡もまた別の感動があり、腹の底から何かが湧き上がるような衝動に、リュエルは胸を詰まらせた。

噴水を囲む人々の顔は、先ほど神事の前に浮かべていたものとはまるで違い、お互いに笑顔を交わし、抱き合って歓喜の声を上げている。

アスラーンの手で噴水が蘇《よみがえ》ったことを見届けた水神子たちは、街中の井戸や貯水槽に月水を納めようと、側近と共に水桶を運び始めた。

「人が出てきたな。あっちこっちから声が聞こえる」

気づけば広場には人が増えていて、豊富な水を湛《たた》える噴水の前に集まっている。家の中で祈っていた人たちは、神事が終わったことを察して、確かめるために表に出てきたのだろう。そして蘇った噴水を見つけ、我先にと駆けつけた。手を入れて水に触れたり、飛沫《しぶき》を浴びて恍惚《こうこつ》とした表情を浮かべたりと、それぞれが水の恵みを堪能している。

街の人たちに混じり、リュエルも噴水の水を触ってみる。さらさらとした感触が気持ちよく、水が愛《いとお》しいという感覚を初めて味わった。

「手伝ってよかった。おれ、凄い感動した」

「ああ。得がたい体験をさせてもらった。ガガリに感謝だな」

エイセイが珍しく感慨深い声を上げ、リュエルもうんうんと何度も頷く。

そういえば、ガガリはどうしているんだろうと、振り返って辺りを見回すと、ガガリは広場の隅に佇み、街の人たちがはしゃぐ様子を見つめていた。顔に巻かれた布の間から覗く目が、嬉《うれ》しそうに細められている。

別の場所ではアスラーンが、側近たちと会話を交わしていた。街に人が溢れ始めたので、護衛の数も増えていた。何か進言を受けたようで、頷いたあとに片手を上げ、待機を命じている。

アスラーンは真《ま》っ直《す》ぐガガリのいるところへ歩いて行く。リュエルとエイセイは視線を交わし、自分たちもそちらへ向かった。

ガガリは近づいてくるアスラーンを迎え、跪いて頭《こうべ》を垂れた。従者を数人だけ引き連れたアスラーンが、ガガリの前で足を止める。リュエルたちは少し離れた場所で、二人の対面を見守った。

「本日の其方たちの働き、まことに大儀であった」

「陛下より直々《じきじき》のお言葉を賜り、望外の喜びに存じます」

会話はそれで終わり、二人はしばらくそのまま動かない。ガガリは頭を下げたまま、アスラーンを見上げることはしなかった。アスラーンもこれ以上の声掛けは、周りの者の手前、できないようだ。

やがて「陛下」と、従者に促され、アスラーンが身じろぎをする。一瞬口を開きかけ、けれど何も言わずにアスラーンが去っていく。

ガガリは最後まで、顔を上げることはなかった。

「今日は俺の奢《おご》りだ。遠慮せずに飲んでくれ！」

「ぅおおおおおおおお」

ガガリの剛気な宣言に、皆が一斉に吠《ほ》えた。

「といっても、明日の朝に出発だからな、三杯までにしておくように」

「ぇぇぇぇぇ、嘘だろぉおお」

最高潮の盛り上がりから一気に降下し、周りから罵声が飛ぶ。ガガリはカラカラと笑い声を上げ、皆の不満を受け流す。

宿の食堂に集まり、打ち上げをしているところだ。夜半に近い時刻だが、仕事をやり遂げた達成感で、みんな元気だ。

「明日出立するんだ。急だな。もう一日ぐらいいてもいいのに」

印象的な出来事があったすぐあとで、感動の余韻がまだ残っているのに、もう出発してしまうのかと、なんとなく名残惜しい気持ちになっていた。それにここはガガリの故郷だ。もう少し滞在してもいいのではと思うのだが、本人にはそういった感傷はないらしい。

「けっこう派手に動いたからな。できるだけ早く立ち去りたいんだろう」

月を掬うという神事にあたり、王宮の人間がたくさん集まった。顔を隠していたとはいえ、不審に思う者もいたはずだと、エイセイが冷静に判断する。

「王太后の耳に入りでもしたら厄介だ」

「そうか。あの女は危険だもんな」

アスラーンとガガリの親密な様子を見ていたから、なんとなく大丈夫なような気になっていたが、ガガリが素性を隠さなければならない状況はまったく変わっていないのだ。むしろ今日のことがあり、危険度が増したといえる。

「じゃあ、急いで出たほうがいいか。王太后に追放された人も探さなくちゃならないし。ガガリはどうやって支援するつもりなんだろう」

「さあな。でもあいつのことだ。上手くやるだろう。根回しは得意分野なんだから」

「そうだな」

裏工作が得意なガガリのことだ。散らばった人間を集め、アスラーンが本当の意味でこの国の王になれるように、いろいろ動き回るんだろう。

情報に聡《さと》く、人の懐に入るのが得意なガガリの手腕は、この国で培ったものだったのだと、ガガリの生い立ちを聞いて納得した。機を見て素早く対処しなければ、生きていけなかったガガリは、母親と自分の身を守るために、処世術というものを必死に身に着けたのだろう。

「やっぱり凄いやつだな。ガガリって。迷惑なこともあるけど。というか、振り回されっぱなしだけど。今回も吃驚させられることばっかりだ」

「確かに」

ガガリの話題でエイセイと意気投合しているリュエルの周りでは、アジェロやドゥーリたちが、今日の神事のことを興奮気味に話していた。

手で月を掬い、水を蘇らせるという行為は、やはりとても神秘的で、誰もが感動せずにはいられない。その一端を担い、共に神事に参加できたことを、みんな喜んでいた。

ガガリもみんなと一緒に騒いでいるが、ふと見ると、どうやら酒を飲んでいないらしいことに気がついた。

隣にいるザームに酒を注がれそうになって、断っている。今手にしているグラスの中にも酒が入っていないようだ。飲み方を見れば分かる。普段はこういうときには周りを盛り上げるために率先して飲むのに、明日出発だから自重しているんだろうか。けれど今までそんなことは一度もなかったから、リュエルは首を傾げた。

そんなガガリの様子を観察していて気づいたが、そういえばエイセイも飲んでいない。彼はそこまで大酒飲みではないから、そう珍しいことではないが、二人して飲まないのはなんかおかしい。

一昨日《おととい》、リュエルたちが宮殿から帰ったときにも、そういえばガガリは飲んでいなかったことを思い出した。王や王太后の話を聞くだけで、王宮からの土産の酒を飲んでいない。

「あ、そうか」

今日もガガリは外へ出るつもりなんだとピンときた。

広場では少ない言葉しか交わしていなかったが、砂漠で月を探していた最中には、ずっと一緒に行動していたから、そのときに約束でもしたのだろうと予測した。

そしてエイセイはそんなガガリを護衛するため、酒を飲まずに待機しているのだ。

「ん？　どうした？」

急に声を出したリュエルに、エイセイが聞いてくる。

「あ、いや。エイセイ飲んでないなって思って」

「ああ。今日はそういう気にならない。あの神事があったからな」

「ふうん。そうか」

「おまえは飲んでいいぞ。少しならな」

「へえ。いつもは飲むなっていうくせに？」

訝《いぶか》るリュエルにエイセイは珍しく笑顔を作り、「たまにはな」と言った。

へえ。そうなんだ。また一人で出掛けるつもりなんだ。おれになんにも言わずに。

この前無理やりあとを追って、叱られた。リュエルが帰らないと粘ったから、渋々承知してくれたが、今日も同じように置いていくつもりなんだ。

ガガリも秘密主義だが、エイセイも大概だなと、ちょっと腹が立ってきた。

剣の腕ではまったく歯が立たないが、リュエルだって見張りや斥候《せっこう》の役目をちゃんと果たせる。けれどエイセイにとってはまだまだ未熟で、足手纏いだと思っているのだ。

対等になりたいと願っても、エイセイは認めてくれない。経験しなければ上達しないと思うのに、その経験をさせてもらえないのが不満だ。

「どうした。飲まないのか？」

リュエルは酒に弱いから、飲ませてしまえばついてくることはないと思っているんだろう。

……凄く癪《しゃく》に障る。

「じゃあ、飲もうかな。今日はいい経験したし」

ニッコリと笑顔を作り、注いでくれようとする酒瓶を取り上げ、自分のグラスにドバドバ注いだ。

「おい、入れすぎだ」

「いいんだよ。飲んで寝るだけだし。ガガリも三杯までなら飲んでいいって言った」

酔わせて寝かせるつもりなら、お望み通りにしようと思った。だって置いていかれたら、やっぱりあとを追いたくなるから。そしてまた何しに来たと叱られて、帰れと言われたら、傷つくから。

なみなみと酒が注がれたグラスを持ち上げ、口に運ぶ。以前、強い酒を一気に呷ってぶっ倒れたことがあるが、あれからちょっとずつは飲めるようになってきている。少しは成長しているんじゃないかなと、挑戦する気になってきた。

「おい、リュエル」

引き留めるエイセイを無視して、グイッと一気に呷ったら、喉がカーッと熱くなり、一瞬視界が揺れた。でも前のように目が回ることも、気持ちが悪くなることもなかったので、やっぱり成長したんだなと、嬉しくなった。

「リュエル、大丈夫か？」

気分がよくなり、空いたグラスに二杯目を注ごうと酒瓶を持ったら、エイセイに手首を摑まれる。

「飲み方がおかしいぞ。やめておけ」

眉間に皺《しわ》を寄せた険しい顔でそう言われたから、素直に酒瓶をテーブルに置いた。確かに身体がふわふわしている。これ以上飲んだらぶっ倒れそうだ。

「分かった。もう寝る」

ふわふわしたまま眠ってしまえばきっと朝まで目覚めない。そしたら夜中にエイセイが出掛けても、気づかないから気にもならない。

立ち上がって歩いてみたらちゃんと足が動いたので、大丈夫そうだ。ふわふわ感は続いているから気持ちよく寝られそうだ。

「じゃあ、お休み」

挨拶をして二階に向かった。ガガリが「お？」とした顔をしてこっちを見たのでそれにも手を振りながら通り過ぎる。

今日もアスラーンとあのオアシスの湖畔で待ち合わせるのだろうか。仲のいい兄弟だから、気の済むまで話せたらいいなと思った。

「おい。リュエル、大丈夫か。どうした？」

二階に上がろうとするリュエルの後ろを、何故《なぜ》かエイセイがついてくる。振り返るのが面倒なので「んー？　大丈夫」と間延びした声を出しただけでそのまま階段を上り、部屋に入った。

寝台に倒れこむように横になり、布団を被る。

「リュエル」

どうしてだか、エイセイが一緒に部屋にいて、出ていかない。

「なんだよ。下にいなくていいのか？　おれは大丈夫だから」

そう言って追い出そうとしたのに、エイセイは寝ているリュエルの顔を覗き込み、「どうした？」と、また聞いてきた。

「何が？　どうもしてないよ。酒飲んで、眠くなったから寝る。それだけだ」

布団を被って目を瞑る。瞼《まぶた》が重くなり、寝られそうなのに、エイセイの視線が刺さってくるから寝られない。酔っていても、ちゃんとこういう気配は感じられるものなのだと、新たな発見をした。

そんなことを考えながら横になっているが、エイセイが一向に出ていく気配がない。

「見てんなよ。寝られないだろ。下に行かないのか？　それともエイセイも寝るつもりか。夜中に起きなきゃならないもんな」

言ってしまってから、あ、と思った。知らない振りをするつもりだったのに、つい口から出てしまった。

「……なんだ。知ってたのか」

「そうなんじゃないかと思っただけだ。やっぱり行くんだな。ふうん。けど、大丈夫だよ。おれ、ついていったりしないから。酒飲んじゃったし」

「何故そんなふうに言う」

「何故って。だってついてこられたら困るんだろ？」

「別に困りはしないが」

「だからおれに酒飲めって勧めたんだろう？　寝かせておけば面倒がないから」

「リュエル」

「いいよ。一人で行けばいい。おれ、知らないから」

「いじけるな」

ふう、と呆れたような溜め息が聞こえ、悲しくなる。確かにいじけて絡んでいる自覚はあった。

「そりゃいじけるよ。隠し事されて、心配してついていったら怒られて」

「おまえに心配されるほど、俺は弱くない」

「分かってるよ。でも、隠されたら心配するじゃないか。ガガリは説明が足りないし、エイセイは最初からなんにも言わないし」

「性分だから仕方がない」

「おれだって、ついていきたくなるのは性分なんだから仕方がないだろ。だから酒飲んで寝ようと思ったんだ。エイセイが何かしようとしてんのが分かっちゃうし、そしたらどうしても気になるし、でもついてったら怒られるし」

知らなければ何も思わないのに、知ってしまえばどうしたって気になってしまうのだ。

「察しがよすぎるのも困りもんだな。よくそんな些細《ささい》なことで気づいたもんだ」

「気づくだろ。気にして見てるんだから」

いつだって気にしている。エイセイは何も言わないから、先回りして察するしかない。

「何考えてるのかとか、怒ってんのかな、とか、いつだって見てるし、ずっとエイセイのこと考えているんだぞ、おれは。ちょっとの変化でも見逃さないようにしないと、エイセイはすぐにおれを置いて勝手にどっか行っちゃうから大変なんだよ」

「……へえ？　それは随分と熱心なことだ」

「だってエイセイのことだもの。熱心にもなるだろ？　でもエイセイは気難しいし、すぐ機嫌が変わるし、どんだけ気をつけて見てても、何考えてるのか分かんないし」

エイセイは頭がよくて、考えていることも複雑だ。リュエルは単純なのは自覚しているから、少しでもエイセイの考えを知りたいのに、それが難しいからもどかしい。だから、エイセイを理解したくて頑張っているのに、エイセイはリュエルを置いて、先へ、先へと行ってしまう。

「おれがこうなのはエイセイのせいだ」

「それは悪かった」

「そうだよ、悪いよ。おれがこんなにエイセイのこと考えているのに」

布団に潜ったままエイセイに文句を言うが、エイセイは相変わらずリュエルの文句などどこ吹く風で、リュエルの耳を弄《いじ》りだす。

「触んなよ。おれは落ち込んでんだから」

「俺に置いていかれそうだからか？」

「そうだよ。どこにだって一緒に行きたいのに、エイセイが駄目っていうから」

「そうか」

さわさわと耳を触りながら、何故か機嫌のいい声を出している。やっぱり考えていることが分からない。

「……夜明け前に、あのオアシスで落ち合う約束をしているんだそうだ」

「ガガリと、アスラーン王が？」

「そうだ。今日のことがあるから、王も外出が難しいかもしれないし、より厳しく監視がついているかもしれない。だから今回は、事前に護衛を頼まれた」

リュエルの耳を触りながら、エイセイが教えてくれた。

「前回よりも危険を伴うから、おまえを置いていこうと思った」

「置いてかれて心配するより、一緒に戦うほうがいい」

「そうだな。悪かった」

耳と頭を同時に撫でながら、エイセイが謝ってきた。こんなふうに、予めちゃんと教えてもらったのは初めてだから、嬉しかった。

「いいよ。教えてくれたから。本当はついていきたいけど、酒飲んじゃったし、ここで待ってる。でも、……気をつけてな」

エイセイもガガリも強いから、大丈夫だとは思っても、知ってしまえばやっぱり心配が募った。自分がもっと強かったらよかったのにと、自己嫌悪にも陥る。

「一緒に行くか？」

「え？」

唐突に誘われて、リュエルはピクリと耳を立てた。

「いいのか？　でもおれ、酒飲んじゃった……」

普段なら喜んでついていくが、酒を飲んでの護衛はしたことがなく、自分の体調が分からない。自棄《やけ》になって飲まなきゃよかったと後悔するが、遅かった。

「なに、待ち合わせまでには、まだ十分時間がある。それまで仮眠を取れば、酒も抜けるだろう」

いつになく寛容なエイセイの態度に疑問が湧く。どうしたんだろうと撫でられながら首を傾げた。

「……なんか企《たくら》んでんのか？」

「そんなわけがないだろう」

途端に耳をギュッと引っ張られる。

「今まで少し子ども扱いしすぎたかと思っただけだ。覚悟が足りないのは俺のほうだった」

「覚悟？」

なんの覚悟なのかと聞き返したが、エイセイは答えてくれずに耳を弄るだけだ。やっぱり教えてくれないのかと少しムッとしたが、頭にある手の動きが心地好いので許してやることにする。

「行くのか？　それとも待っているか？」

エイセイの問いに、もちろん「行く！」と跳ね起きて答えれば、エイセイはフッと息を吐き、「じゃあ今すぐ寝ろ」と、乱暴な仕草で布団をかけてくれるのだった。


オアシスの畔に、二つの影が映っている。

片方は大きくて、もう片方は小さい。

自分とエイセイみたいだな、と思いながら、体格の違う兄弟が仲睦《むつ》まじく話している姿を、リュエルはエイセイと一緒に、藪の陰から眺めていた。

外はまだ暗く、空にはさっきと変わらない満月が浮かんでいる。朝がやってくるまでにはあとほんの少し猶予がありそうだ。

約束通り、エイセイはリュエルを起こしてくれて、ガガリの護衛に同伴させてくれた。誘われたのが嬉しすぎて、興奮してあまり眠れなくて、結局エイセイに叱られた。でも、心配していた酒は、エイセイが言ったようにちゃんと抜けてくれたので、安堵した。

そうして前回と同じように、オアシス近くの藪に身を潜めて、ガガリとアスラーンの密会の護衛をしている。今回はガガリもリュエルたちがいるのを承知しているので、そっちに見つからないようにと神経を使わないでいい分だけ、リュエルとしては楽だった。

心配していた王宮側の監視は、今のところついていない。アスラーンはちゃんと一人で抜け出してきたようだ。前と同様、ガガリのほうが先に来て、あとからアスラーンが駆け込んできた。顔を合わせた瞬間から、二人は熱心に話し込み、会話が途切れることがない。

リュエルの耳を意識しているからか、ガガリたちはオアシスのほうへ顔を向けて話しているので、聞こえる声は途切れ途切れだ。

もっと全集中してそこだけに神経を注げば、たぶん全部聞こえそうだが、リュエルはあえてそれをしなかった。あとでガガリに聞けば、会話の内容を教えてくれるかもしれないし、教えてくれなかったなら、それはガガリとアスラーンだけの大事な話なのだろうから。

二人は時々笑ったり、時々は言い争いのようになったり、拗《す》ねたアスラーンをガガリが懸命に宥《なだ》めているような場面もあった。

「なあ、ガガリってあの弟のこと、相当好きだよな」

今も駄々を捏《こ》ねるようにイヤイヤと首を振っているアスラーンを抱き寄せて、困った顔をしながらポンポンと頭を撫でている。

「悪ぶって『弟を利用した』なんて言ってたけど、全然違うじゃないか。あんな焦ってるガガリ、初めて見た。それに、あの王様も前より随分子どもっぽくなってないか？」

月を掬う神事を行ったのはつい数時間前のことで、そのときは王様らしく威厳のある態度をとっていたのに、今はなんだか随分幼くなっている。

「なんか、おれと同じぐらいに見えるぞ」

「そこまで幼稚じゃないだろう」

「おれは幼稚じゃないぞっ」

藪に隠れながら、ヒソヒソ声のまま言い争いが勃発する。

「甘えているんだろう。十五年以上離れていたんだ。その期間を取り戻そうとしているんじゃないか？」

ガガリが国を出たのは十七のときで、アスラーン王とは七つ離れていると言っていたから、二人が別れたとき、アスラーン王は十歳だったことになる。その頃のまま止まっていた時間が、ようやく動き始めたのではないかと、エイセイが言った。

二人を眺めるエイセイの横顔は、嬉しそうな、切なそうなものになっていて、ああ、エイセイはもっと幼い頃に兄と別れてしまったのだと思い出した。ガガリとアスラーンは再会を果たせたが、エイセイにはもうその機会は訪れない。

「……エイセイ。おれがいるからな?」

慰めてあげたくて、リュエルは精一杯優しい声を出して、エイセイを慰めた。

「ん? なんだ、急に」

「あんなふうに甘えたくなったら、おれに言うんだぞ? ポンポンしてやるからな?」

エイセイを撫でてやろうと、膝をついた態勢のまま腕を伸ばしたら、「あ?」という声と共に邪険に振り払われた。

「酷いな、おれの親切を!」

「いらん。それより偵察に集中しろ」

「してるしっ」

「やっぱり連れてきたのは失敗だったか」

「そんなこと言うなよ。おれ、ちゃんと役に立ってるだろ。ほら、今のところ敵の気配はなし。万事順調。異常なし!」

ピロピロと耳を多方向に動かしてみて、万全な態勢を見せてやると、エイセイが大きな溜め息を吐いた。

「気が散るんだよ。俺が失敗しそうだから、頼むから集中させてくれ」

参ったというようにエイセイが弱音を吐く。

「エイセイでもそうなるのか。それは大変だな。もっと精進したほうがいいぞ？」

いつ危険が迫るか分からないのだから、そんな集中を欠いた状態はよくないと、心配して顔を覗いたら、なんかもの凄く怖い目で睨み下ろされた。

「頼むから、大人しく、してくれ」

言葉を句切り、強調しながら懇願され、終いには殺気を滲《にじ》ませてくる。意味が分からないけど、本当に気が散っているようなので、「分かった」と頷いて、大人しく前を向いた。

そんなささやかな諍《いさか》いをしている合間にも、湖畔に佇む二人は、ずっと会話を続けていた。

空にはまだ月が掛かっているが、色が薄くなっていた。そろそろ別れどきだと察したのか、ガガリが空を見上げ、アスラーンを促すように、肩に手を添える。

アスラーンはまだ去りがたいようで、訴えるようにガガリを見上げている。肩に置いた腕で、ガガリが弟を抱き寄せた。

長いあいだ二人は抱き合っていたが、これまでの時間を思えば、彼らにとってはほんの刹那に思えているのかもしれない。

やがて二人の身体が離れ、お互いに背中を向け、別々の方向へ歩き出した。

別れ際に「きっと」というアスラーンの声が聞こえた。

再会の約束の言葉なのだろうなと、お互いに振り返ることなく歩いて行く二人の姿を、リュエルとエイセイとで見送った。

オアシスに静けさが戻ってきて、人の気配がまったくなくなったことを確認してから、リュエルたちはガガリのあとを追った。

ガガリはやはり振り返ることなく、淡々とした足取りで宿へ戻っていく。

街はまだ暗く、夜明けまでにはまだ少しありそうだ。終わってみれば、二人の密会の時間はとても短いものだった。

もっと気兼ねなく会えるときがくればいいと、前を歩く背中を見つめながら思う。

宿の前まで辿り着き、扉を開けようとしたガガリが、不意に右手を上げた。護衛の任務が完了し、ご苦労様という労いの合図だ。

先にガガリが宿に入り、リュエルたちが見ている前で、扉が閉まった。

自分たちも宿に戻ろうと足を運びかけ、なんとなく寂しい気持ちに囚《とら》われて、リュエルはエイセイの腕を取った。

「……もうちょっと二人でいたい」

握った手に僅《わず》かに力を込め、エイセイに訴える。

数時間後にはこの国を出るため、慌ただしくなる。部屋は四人部屋で、移動となれば、何日も大勢での行動となる。この生活に不満はないが、こうして二人きりでいる時間はしばらく持てないだろう。

我《わ》が儘《まま》かなと思うが、やっぱりもう少しこうしていたい。

「夜明けまでにはあと少し時間があるか」

リュエルの懇願を聞いたエイセイが、空にある満月を確かめた。

「オアシスに戻ろうか」

握った手をエイセイが握り返してきて、今来た道を戻ろうと、リュエルの腕を引いた。


月が水面に浮かんでいる。

「あれを掬えたら、とうぶん困らなそうだな」

オアシスに映る満月を眺めながら、リュエルが言った。

もう少し一緒にいたいというリュエルの願いを聞き入れてくれたエイセイと、ルゴール最後の夜を、オアシスの水辺で過ごしていた。

辺りはシンとしていて、リュエルとエイセイの二人しかいない。

「寒くないか?」

背後から聞こえる声に、「全然」と答える。何故ならエイセイの外套の中に潜り、暖を取っているからだ。

大きな外套の中にリュエルの身体を入れてもらっている。胡座《あぐら》をかいた足の間に尻を置き、贅沢な座椅子に凭れて、オアシスの景色を堪能しているところだ。

「ガガリはもう寝ちゃったかな。それとも今頃寝酒でも飲んでるか」

アスラーンと会うために、打ち上げで酒を我慢していたガガリだ。弟との会話の記憶を酒のつまみに、今頃飲んでいるのかもしれない。

「もう少し一緒にいられたと思うんだけどな」

密会の時間はごく短く、アスラーンはとても名残惜しそうにしていた。外が暗いうちは、まだ話せたんじゃないかなと思う。

「宮殿を抜け出したこと自体が大問題だからな。危険を少しでも減らしたかったんだろう」

「だったら外に出なきゃいいのに」

「それじゃあ二人が会えなかっただろうが」

「あ、そうか」

後ろで笑う気配がして、次に来るかなと身構えたら、案の定「馬鹿だな」という言葉をもらった。

「馬鹿馬鹿言うけどな！　おれだっていろいろ考えてんだぞ」

「知っている」

「知ってんのか？　何を？　どんなふうに？」

「教えない」

大きく仰《の》け反《ぞ》って、後ろにいるエイセイの顔を見上げたら、エイセイもこちらを見下ろし、「さっき聞いたからな」と言って笑った。

「さっき、っていつのさっきだ？」

ついさっきなら、ガガリたちの見張りをエイセイとしていて、集中したいから大人しくしていろと叱られた記憶しかない。

その前は宿の部屋で喧嘩《けんか》をしていた。酔っていないつもりだったけれど、あのとき何を話したのかあまり覚えていないから、やっぱり酔っていたんだと思う。

だから、いつのことだと聞いてみるが、相変わらずエイセイは明快な答えをくれず、「さっきはさっきだ」と言って、話を終わらせてしまう。

これだからエイセイは分かりにくいのだ。

ふて腐れるリュエルの腹にエイセイが手を回してきた。大きな手は温かくて、膝にすっぽりと嵌《は》まる状態が居心地いい。

エイセイを椅子代わりにして、目の前の景色を眺める。エイセイも機嫌がいいようで、リュエルの腹を撫でたり、頬を撫でたりしている。

リュエルたちが今いるこの場所で、別れを惜しんでいた兄弟のことを思い出す。

「エイセイ、今日、おれを一緒に連れてってくれて、ありがとうな」

彼らのことを考えたら、今の自分の環境が、とても恵まれていることに感謝したくなり、リュエルは素直な気持ちを口にした。

危険を冒してでも会いたくて、けれど危険だからすぐ別れなくてはいけなくて、ガガリは引き剝がすようにして、抱擁を解いていた。

母親が違っていても、二人は確かに血の繫がった兄弟なのに、普通に会うことすらままならず、周りを警戒しなければならない生活は、どれほど苦痛だったか。

庭木の根元に合図を送り、時刻と場所を決めて密かに会っていたと言っていた。

会いたいときに会えて、話したいときに話せるリュエルは幸せだ。

それなのに、リュエルの礼の言葉を聞いたエイセイが、怪訝《けげん》な声で「まだ酒が残っているのか」なんて言うから、ガッカリだ。

「残ってねえよ！　幸せだなって思ったから、そう言っただけだ！」

「幸せなのか？」

「そうだよ。すんごく幸せだ」

威張って言ったら、エイセイが「俺もまあ、そんな感じだ」と、小さい声で言った。

「エイセイも幸せか？」

「ああ、まあそうだな」

「おれと同じぐらいに？」

「リュエル、こっちを向け」

「話を逸らすなよ」

続きを聞きたいのに、話をぶった切る。いつもこれだと口を尖らせるリュエルに、エイセイはまったくへこたれず、「こっちを向け」とまた言った。

「でも、ここの感じ丁度いいのに」

すっぽり嵌まっているここがお気に入りなのにと文句を言ったら、後ろから抱き締めてきたエイセイが、ちゅ、とリュエルの頬に口づけをした。

「こっちを向いてくれないか」

低く、穏やかな声でそう請われれば、いうことをきかずにはいられない。もぞもぞとエイセイの外套の中で身体を反転させようと格闘する。

「いや、そういう意味では、顔だけこっちに……まあ、いいか」

エイセイが笑いながら、一旦外套のボタンを外し、リュエルがエイセイのほうに向き直るのを手伝ってくれた。

腰を跨《また》ぐようにして座り直し、真向かいになる。機嫌のいいエイセイは、ずっと笑ったまま顔を近づけてきて、口づけをくれた。

「ん……」

エイセイの唇は、外気に触れてひんやりとしていた。

「冷たい」

「おまえは温かいな」

「そりゃ、ずっとこん中にいたから」

もともと体温の高いリュエルだ。エイセイの外套の中でぬくぬくとしていたから、寒さなど感じないほど温まっている。

エイセイの唇も冷たかったが、掠《かす》めた鼻も頬も冷たかったので、両手で頬を挟み、お互いの鼻をくっつけ、スリスリしてやった。

「ほら、あったかいだろ?」

「ああ、温かい」

エイセイが嬉しそうにそう言って、また口づけをくれた。唇は冷たいのに、リュエルの中に入ってくる舌は熱くて、すぐに蕩《とろ》けそうになった。

「ん、……ふ、……ぅ」

鼻から息が抜け、二人の口元を温かい空気が包んだ。ぴちゃ……という音がして、エイセイの舌に外へ連れ出され、外気の中で絡め合う。

温かい舌先と、冷たい空気が混ざり合い、感覚が混乱してボウッとしてきた。

「エイセイ、もっと……」

首に腕を回し引き寄せながら、もっとこの感触を味わいたくて、エイセイにねだった。

「ん、……ん、気持ち、い。これ、好きだ」

唇を合わせながら感想を言ったら、エイセイが満足そうに微笑《ほほえ》んで「そうか。好きか」と、何度も口づけをくれた。

向き合って抱き合い、口づけを繰り返しているうちに、身体が凄く熱くなってきた。「暑い」と言いながら、エイセイの外套から逃れようとしたけど、「それじゃあ冷える」と許してもらえない。

「だって、暑い」

暑すぎるのは不快だが、エイセイの口づけは気持ちがいい。

「エイセイ……暑い」

もう一度訴えたら、エイセイが薄らと笑い、リュエルのマントを脱がせてくれた。マントを外し、中に着ているシャツのボタンを外される。全部外し終わると、両方の掌で、シャツを広げるようにしながら撫でてきた。

「あ……」

暑いと訴えたのは口実だ。リュエルもエイセイのシャツのボタンを外していく。

「外でするのか？　大胆だな」

リュエルのシャツを脱がせたくせに、エイセイがそんなことを言う。答えないままボタンを全部外し、エイセイがしてくれたように両の手でそれを開いた。

露《あら》わになったエイセイの肌の上に、自分の肌を押しつける。布を取り去り、直接触れた身体は、しっとりと湿っている。

脱ぎ捨てたマントを拾い、エイセイがリュエルの肩に掛けてくれた。

腰に巻いてあった尻尾は早々に自由になり、今はエイセイの頰を撫でている。唇と掌と尻尾を使い、エイセイを温めながら、しなやかな肌を愛撫《あいぶ》する。

「ん、……ん、ん」

エイセイの上に跨がったまま身体を密着させ、揺れ動く。

本当は、二人きりの時間がただ欲しかっただけで、少しだけ触れ合えたらいいぐらいに思っていた。けれどエイセイに挑戦的な声で「するのか」なんて聞かれてしまえば、「したい」と答えるしかなくなるじゃないか。

隠していた欲望がムクムクと頭を擡《もた》げる。だってずっと欲しかった。

最後に抱き合ったのは数ヶ月前。そして、今から先はまたお預けの期間が延々と続くのだ。

「したい。エイセイはおれを欲しくないか？」

向かいにある黒々とした瞳を覗くと、ウロウロと彷徨《さまよ》い、「聞くな」と低い声がした。

「聞かせろよ。聞きたい」

「言いたくない」

「なんでだよ。言えよ」

どこまでも気持ちを口にしてくれないエイセイに苛《いら》つき、睨みながら唇を近づけた。

「言えってば」

脅迫しながら口を吸う。

「言わない」

舌先でリュエルの歯列を舐めながら、エイセイが答えを拒絶してきた。

「じゃあ、しないぞ」

「分かった。やめよう」

「やだ。やめんなよ」

意地の張り合いは、すぐさまリュエルの負けとなる。

こんなに欲しいのに、すぐにやめると言ってしまえるエイセイが憎らしい。

不敵に笑うエイセイを睨みながら、ズボンの紐《ひも》を解《ほど》いていく。

「本当にするのか？」

露わになったそれに手を添えながら、「駄目か？」と聞いたら、答えの代わりに頬を撫でられた。

身体を深く沈め、エイセイの雄芯に口づけをした。

「……っ、く」

ピチャ、と音を立てて舌を這《は》わせたら、一瞬エイセイの身体が硬直し、息を詰めるような声が聞こえた。

舌先で擽《くすぐ》り、舐め上げ、頬張る。エイセイのそれはリュエルの口の中でみるみる嵩《かさ》を増していき、先端から蜜《みつ》を零した。

喜んで涙を流しているそれを可愛がりながら、なんだ、エイセイも欲しがっていたんじゃないかと思ったら、自然と笑みが零れ出た。

「意地張ってても、ここは正直だな」

「……おまえ、そんな台詞《せりふ》を誰から教わった。アジェロか」

誰にも教わっていないし、思ったまま言っただけなのに、エイセイが剣呑な声を出す。

叱られないうちに、急いでエイセイのそこを大きく咥《くわ》え、上下に扱《しご》く。

「く……っ、おい、リュエル、返事をしろ」

苦しみながら、尚《なお》も詰問しようとするのを無視してエイセイのそこを可愛がる。引き剝がそうとしたのか、頭をガッと掴んできた掌が、次にはリュエルの髪を掻き回した。チロチロと舌をひらめかせれば、押しつけるように腰を浮かせてくるのが可愛い。

「この……、こら……、く、ぅ……」

文句を言いたそうな声が途切れ、エイセイが喉を詰めた。リュエルの舌の動きに翻弄《ほんろう》されているのかと思ったら、ほの暗い優越感が湧き上がり、もっと悶《もだ》えさせてやりたいという欲望が生まれる。

大きく口を開けてエイセイを呑み込み、激しく顔を上下させながら、吸い上げる。

「う……っ、く」

そうやってエイセイを弄《もてあそ》んでいたら、突然、尾てい骨に響くような快感が走り、リュエルは思わず顎を跳ね上げた。

「や、……なに……？　エイセ……、ぃ、ミャァアアン」

刺激に感応し、気づけば腰を高く振り上げていた。エイセイがリュエルの尻尾を握り、強い力で扱いているのだ。

「やだ、手、……離し、て……ぃ、や、やぁ、……」

きつく握った尻尾の先を、エイセイが咥え、ジュッと吸った。

自分がエイセイを翻弄していたのに、逆襲されている。嬌声《きょうせい》を上げ、開きっぱなしになっているリュエルの口の中に、エイセイの指が入ってくる。

「ふ、ぅ、……ん、く……」

二本の指を入れられて、口の中を掻き回される。尻尾は握られたままで、口と尻尾と両方を刺激され、涙が滲んだ。

「や、っぁだ、エイ、セ……あ、ふ、おれが、いま、してんの……にぃ……っ」

主導権は自分にあったはずなのに、全然上手くいってない。翻弄されながら涙目で睨むと、エイセイが不敵に笑う。

「あぅ……ふ、んん、ぅ……」

口の中にある指に舌を絡ませ、そうしながらエイセイの股間に手を伸ばし、両手でソレを握って扱く。エイセイの眉が寄り、リュエルを見つめる瞳が鋭く尖る。負けられない勝負に没頭し、睨み合いながらお互いを刺激する。

口の中を蹂躙《じゅうりん》していたエイセイの指が、突然出ていった。勝った！　と思った次の瞬間、スルッとズボンの中にそれが入ってきて、後ろの穴に埋め込まれる。

「ひ……ん……っ、あっ、あっ……」

思いも寄らなかった攻撃に、背中が仰け反り、悲鳴が上がった。長い指がリュエルの後孔に深く埋め込まれ、抜き差しされる。

「駄……め、ぇ、あ、ああっ、あ……、エイセイ……」

指でリュエルの中を掻き回し、別の手で尻尾を握り、舌で舐め上げられる。見下ろしてくる瞳が獰猛《どうもう》に光っていて、獣人のリュエルよりも獣じみている。

「あ……ん、あっ、んん、あ……は、は……」

もう勝負どころではなくなって、刺激にひたすら耐えるしかなかった。高く上がった腰を振り立て、甘い声を上げながらエイセイの腰に縋り付く。

長い時間、尻と尻尾を弄ばれた。自慢の耳は役目を果たさず、自分の発する甘い声しか聞こえない。

朦朧《もうろう》としていると、突然身体がふわりと浮いた。いつの間にか後ろから指が抜けていて、エイセイがリュエルを持ち上げている。

「跨がれ」

「ん……」

ぼーっとなったまま、声に従った。エイセイの腰に跨がり、太い首に腕を回した。膝立ちになっている腰を摑まれ持ち上げられた。後ろにエイセイのそれが当たっている。

「ゆっくり下りろ」

次の命令にも素直に従い、エイセイの手に誘導されながら、ゆっくりと腰を沈めていった。

「あ、……う、……っ……」

入り口を抉《えぐ》られ、中に入ってくる感触に思わず動きを止めると、腰にある手で引き下ろされ、同時に下から突き上げられる。

「っ、ああっ！」

無意識に腰を上げて逃げようとしたら、強い力で押さえつけられた。指が食い込むほど腰を握られ、突き上げられながら引き下ろされる。

「力を抜け。そのほうが楽だ」

エイセイの言う通りにしようと、懸命に身体から力を抜こうと頑張った。大きく息を吐き出し、馴染むのを待つ。自重に任せてズブズブと入ってきたそれが、やがて根元まで埋め込まれた。

「ぜん、ぶ……入っ……た」

エイセイが褒めてくれるようにリュエルの額に口づける。

「なん……か、凄い、恰好《かっこう》……だな」

お互い外套とマントを羽織ったまま、中の衣服だけ中途半端にはだけている。エイセイはズボンを穿《は》いたままリュエルを突き刺しているし、リュエルは脱げかけたズボンが足に引っ掛かっている状態だ。

「寒いか？」

マントを掛け直してくれながら、エイセイが聞いた。乱暴に人の服を剝《む》いておきながら、今更心配するエイセイが可笑《おか》しい。

「寒くない。暑いくらいだ」

「ならよかった」

安心したようにエイセイが目を細め、「じゃあ、動くぞ」と言ってリュエルの腰を持ち上げた。

「じゃあ動くって全然関係な……ぃ、っ、て……ぅあっ、あっ、あっ」

リュエルの話が終わる前に、エイセイが手を動かすから声が途切れた。抱えられた腕で上下され、腰を押しつけ突き上げられる。

グジュリと水音が立ち、エイセイがリュエルを抉る。密着したリュエルの雄芯がエイセイの腹に押しつけられた。上下する動きと共にそこが擦《こす》られて、気持ちよくなってくる。

「ふ、ふ……ん、ひぁ、……ん、そこ、……ゴリッ……て、なる……あっ、んっ」

エイセイがグリグリとリュエルの腰を回してくる。動かされるまま中を掻き回され、弱いところを突かれて嬌声が上がった。

「あ、ん……、そこばっかり、……っ、はぁ……あ、……あっ、んっ、んぁん……」

エイセイの上に乗せられて、卑猥に踊らされる。腹に押しつけたそこから愛液が溢れ出て、淫猥な水音が立っている。

「エイセイ……エイセ……ッ、ぁん、エイセイ……」

名を呼びながら、いつのまにか自分から腰を振り立てているリュエルを、エイセイがジッと見つめる。

「気持ち……、いい、か……？」

自分だけよくなっているのは嫌だから、見つめ返しながらそう聞いたら、エイセイは目を細めて「ああ」と言ってくれた。

「ん……ん、あ……」

リュエルの弱いところにまたあたり、腰を押しつけながら揺らすと、エイセイが「くっ」と喉を詰めた。エイセイもここが好きなんだと気づいて、同じ動きを繰り返してやる。

腰に食い込んでいるエイセイの指の力が増す。眉間の皺が深くなり、今日はエイセイのほうが先にいきそうだ。

「は、は……っ、く……っ、ぁあ……」

詰めていた喉を開き、エイセイが声を上げる。エイセイの快感がリュエルにも伝わり、恍惚となりながら身体を揺らした。

激しく腰を上下させながら、背中を反らした。

真っ暗だった空は、僅かに白み始めている。月はまん丸の形を残したまま、薄らとその姿を消していくところだった。


預けていたラクダを引き取り、荷物を積んでいく。

空はすでに明るく、街はもうすっかり朝の気配だ。

宿の主人はリュエルたちの出発を大いに嘆き、急な報告だったのにもかかわらず、野菜や酒など、多くの土産を持たせてくれた。

「またきっと来てくれよ。待ってるから」

砂漠の旅は過酷で、そうそう訪れる機会を持つのは難しいが、主人はこのキャラバンならきっと来てくれると、何故か確信を持っているような顔をしてそう言った。

「おう。また来ますわ。そんときはよろしく」

ガガリが手を差し出し、固い握手を交わしている。いつもの無責任な言動だが、きっとこの約束は近いうちに守られるのだろうなと思った。

リュエルたちもそれぞれ挨拶をして、キャラバン隊が出発した。

通りを過ぎ、広場に出ると、朝市が開催されていた。野菜に果物、串焼きなどの屋台がところ狭しと並び、人出も多い。昨夜の神事の成功がいち早く知れ渡った結果なのだろう。

昨夜の「月を掬う」神事に、キャラバン隊が関わったことも、街の人々は既に知っているようで、リュエルたちに向け、皆笑顔で声を掛けてくれた。

中には籠に詰めた野菜を持ってきて、礼を言いながら押しつけてくる人もいる。

心からの笑顔にリュエルも手を振って答え、また絶対にこの国に来ようと思った。

陽気でお人好しな国民性は親しみやすく、ここがガガリの故郷なのだと思ったら、自分のことでもないのに、誇らしい気分になるのだから不思議だ。他の連中も似たようなものなのか、いつもよりも笑顔が多いと思った。

「さて、目を付けられる前に、とっととずらかるか」

広場を抜け、外に繋がる城門に向かいながら、ガガリが陽気な声を上げた。

「十分目立つ行動をとっておいて、今更目を付けられるも何もないだろう」

エイセイが冷静な声でそう言って、ガガリが「そうだったか！」と、ふざけた笑い声で応じていた。

そこには、深夜に交わしていた兄弟での密会の名残は少しもない。強い男なんだなと感心し、見習いたいと思ったが、たぶん無理だ。

「どうした。呆《ほう》けた顔をして」

エイセイが日よけのフードを被せてくれながら聞いてきた。

「いや、ガガリってやっぱり凄いと思って、見習いたいなって思ってたところなんだけど」

「無理だろう、おまえには」

話を全部言い終わらないうちに速攻で断言され、むかついた。

「知ってるよ！　でもおまえが言うな！　エイセイだって無理だろ。残念だったな！」

「俺は見習いたいとは思っていないから、まるで残念ではない」

こっちも朝方のあの甘やかな余韻をまるで残していない。ついさっきまで、あんなにいろいろしてくれたのに、別人かと思うような変わりようだ。

まったく情緒のない男だと、ラクダを引っ張りながら、エイセイを睨んだ。

「おいおい、出立そうそう喧嘩か。相変わらず仲がいいな」

ガガリが茶々を入れてくるからこっちにも噛みつく。

「ガガリのせいだろ！」

「俺のせいか？　そりゃ悪かった」

「分かってないのに簡単に謝るなよ。全然悪いと思ってないくせに」

「そりゃあ、喧嘩の原因知らねえし」

「ほらな！」

「リュエル、誰彼かまわず噛みつくな」

「じゃあ、エイセイだけに噛みつけばいいんだな」

「やめろ。疲れるから」

エイセイとリュエルは喧嘩して、ガガリがそれに茶々を入れ、ドゥーリは大きな荷物を背負いながら、最後まで屋台の売り物を見つめている。他の連中も思い思いに話しながら、のんびりとラクダを引いている。

この国に来て今日で六日目の朝だ。

昨日までのことが夢だったんじゃないかと思うぐらい、まったく変わらない光景が不思議で、けれど変わらないということに、安心もした。ずっとこのままみんなと笑いながら旅をしていきたい。

「……おい。まずいぞ」

異変は、さあ出国だと城門に差し掛かったときに起こった。

あとは門を潜るだけという段階にきて、目の前の異様な光景にリュエルたちは足を止めた。

砂漠への出口に続く城門の前に、大勢の人が並んでいるのだ。

さっき宿の主人や広場の人々がしてくれたような、見送りの雰囲気ではない。硬い顔を作った兵士が、直立不動で立っている。

「……何人いる？」

「兵士は二十五。後ろにいるのは戦力にならない雑魚《ざこ》だな。数合わせか？　全部で四十だ」

素早く人数を数え、すぐさま全員で警戒の態勢をとった。

「一人で二人倒せばあとは俺がやる。この数なら突破できるが、どうするんだ？」

ガガリキャラバンは強者揃いの集団だ。ドゥーリが低い声で言いながら、腰に佩いた剣に手を添える。エイセイも同じように柄を握り、リュエルも投擲ナイフをすぐに取り出せるように構えた。

全員で警戒態勢を取るなか、ガガリも油断なく前方の集団を見据えている。

最後の最後でとんだお見送りの場面に出くわしてしまった。

「まいったなあ……。穏便に出しちゃくれねえもんか。戦いたくねえんだけど」

油断をしないまま、ガガリが情けない声でそう言った。ここはガガリの故郷で、目の前にいる兵士は、王宮に仕える者たちだからだ。ここで戦闘になれば、アスラーンと敵対することになってしまう。

お互いに睨み合ったまま、誰も動かず、ジリジリと時間だけが過ぎていく。

不意に、兵士たちがザザッと動き、隊列の形を変えた。門を塞《ふさ》ぐように横に並んでいたのが二手に分かれ、お互いに向き合う形に変化した。

「なんの真似だ？」

人垣で作られた道が出来上がり、兵士たちが今度はいきなり頭を下げた。身体を直角に折り、そこから動かない。

四十人の人間が、ガガリたちの前に道を作り、頭を下げている。

警戒の態勢を未だ崩さないまま、何が起きているのか分からず、リュエルたちは茫然《ぼうぜん》と立ち尽くしていた。

「あ、昨日いたやつがいる」

ドゥーリが雑魚と言った人の中に、昨夜の神事で一緒に立ち働いた人が何人もいた。よく見れば、リュエルに月水を触るなと、注意をしてくれた兵士もいる。

「なんだか大仰なお見送りだねぇ」

イザドラの言葉に全員で顔を見合わせた。ガガリが頰を掻きながら、「見送り……ってことで、いいんだよな？」と、自信なさげな声を出す。

ラクダを引き摺《ず》って、並んだ人の間をおっかなびっくり歩いて行く。彼らは頭を下げたまま、まったく動かない。

ようやく人の並びが切れた場所まで来て、やっと安堵の溜め息を吐いた。見送りならそういう顔をしていてほしいものだと、文句を言ってやりたい。

「おっし！　出られた。じゃあ、行くか」

ガガリもホッとしたようで、やっといつもの声を出した。城門はすぐ目の前にあり、これを潜れば国外だ。

後ろを見ると、並んだ人々は、まだ頭を下げていた。顔を上げて手を振ってくれても誰も怒らないのに、まるで最上位の人に対するような礼を取っている。

そんな大仰な見送りをされながら、キャラバン隊はダラダラとした足取りで進んでいく。見送られる側のほうが礼節を欠いているのが大変申し訳ないが、仕方がない。

「イグリート様」

後ろから声がした。

ガガリは立ち止まることもなく、大股で門を潜っていく。

ようやく全員が門を潜り終わり、砂漠へと足を踏み入れた。昨夜見た幻想的な光景は名残さえもなく、果てしなく広がる砂漠があるだけだ。

城門の内側では、未だに大勢の人が頭を下げたまま見送っている。

意気揚々と歩いていたガガリが唐突に振り返った。

「ガガリキャラバン隊、再びのご愛顧を、どうぞよろしくお願いします！」

大きな声でそう叫ぶと、高く上げた右手を一度だけ振り、それからまた歩き出した。

水神子の涙と祖国の思い出

「だから、もっとこう、それらしいのを覚えたいんだってば！」

「挨拶にそれらしいも、らしくないもないだろうが」

宿屋の食堂では、いつものように他愛ない小競り合いが始まっていた。

この五日間ほどは野営が続いていたため、久々に屋内での食事だ。それぞれが好きなものを頼み、大概の仲間が酒も飲んでいる。

見張り番なしに夜が過ごせることで皆気を緩めている様子に、ガガリも安心する。

ルゴールでの面倒な仕事を終え、あの国を経ったのが今から二月ほど前だ。国を出てからは延々と砂漠を渡り、漸くオアシスのある町に到着し、一息ついた。その後は行商と情報収集をしながら更に旅を続け、以前やってきたラオブールという鉱山都市に辿り着いたところだった。

町は相変わらず活気に溢れ、鉱山で働く者たちでごった返していた。ガガリたちが初めてここに来たときよりも、店も人も増えている。宿屋も相変わらずいっぱいだったが、今回は無理を言って部屋を押さえてもらった。

屈強な集団だから、過酷な環境に文句を言うようなやつなんぞ一人もいないのは分かっちゃいるが、それでも多少は気を遣っているのだ。

自分も酒の入ったグラスを口に運びながら、すでに日常となっている、大きいのと小さいのとの喧嘩《けんか》を眺めていた。

「おまえの場合は簡潔に『ありがとうございます』『光栄です』これだけ覚えておけばいい」

「そういう普通のじゃなくて」

「普通のことができてから言うんだな」

「できてるってば。ほら、前に教えてもらった『きょうえつすごくいいです』って、あれみたいな恰好いいやつ、もっと教えてくれよ」

「まったくできていないだろうが！　馬鹿が」

「酷いな！」

「酷いのはおまえの頭だ」

酒を噴き出しそうになり、慌ててグラスを口から離す。まったくこの二人は毎度笑わせてくれる。

リュエルをこのキャラバン隊に引き入れてから、二年近くが経つ。

市場で売られているリュエルを見たとき、訳あり品であるのはすぐに分かった。希少種の猫族があんな辺境の町の市場で、しかも地べたに繋げられたまま投げ売りされている状況はあり得ない。よっぽど気性が荒いか、犯罪を繰り返す極悪猫か、そんなもんだろうと思ったものだ。

気まぐれを起こしたのは、栄養の足りない貧相ななりをしているのに妙に眼力が強く、あの状況でもまったく絶望していない、強い意思をその瞳に感じたからだ。訳ありなんざ、自分を含めたキャラバン隊の全員が抱えている。そしてそんな中でも最大の訳あり事情を持つエイセイが、リュエルに興味を持ったからに他ならない。

あれを引き入れたら面白いことになりそうだと、そんな軽い気持ちでリュエルを買った。そして二年経った今、実際に面白いことになっている。

戦力としては、他の連中で十分賄えたから、特に期待はしていなかった。だが、猫族特有の身軽さと、察知能力の高さは嬉しい誤算だった。また、無理やり身に着けさせた剣舞の技は、今となれば商売を有利に運べる強力な武器となった。

なにより、あの一直線な性質と、仲間のために懸命に働こうとする健気さは、外見の幼さも手伝って、キャラバンの連中の気持ちを和ませてくれた。あのイザドラでさえ、リュエルを気にかけ、可愛がってやるほどだ。

これまでに相当過酷な経験をしてきたことは容易に想像できるが、よくあそこまで擦《す》れずに生きてこられたものだと思う。猫族特有の性質なのか、生まれた環境がリュエルをあのように育てたのか、とても興味があるところだ。

他の連中も、リュエルを自分の弟か、息子のように扱っている。からかっても可愛がっても、素直に反応するのが面白く、なんというか、とても愛らしいのだ。

中でもエイセイの可愛がり振りは、端から見ていて笑えるくらいに顕著だった。キャラバン隊の中で一番変わったのはあいつだろう。

ガガリたちを仲間と認めていても、どこか冷めていたエイセイは、リュエルが来てから、かなり豊かな表情を見せるようになった。本人は認めたくないようだが、自分の中で相当な変化があったことは、誰が見ても分かる。

「なあ、ガガリ、エイセイが酷いんだ。なんとか言ってくれよ」

「んー？　おまえの専属はエイセイだから、俺にはどうにもできねえな」

「俺がいつからこいつの専属になったんだ」

文句を言いながら、わしゃわしゃとリュエルの頭を撫《な》でているガガリの手を退けてくるのだから笑いが止まらない。

「いつからって、最初からだろう？」

二人のあいだに因縁めいた何かがあるらしいのは周知の事実だ。どういう経緯があったのか、詳しいことは分からない。生まれた土地も、大陸すら違う二人は、出会ったときから引かれ合うものがあったらしいことは見ていて分かった。気が合うとか、情にほだされたとか、そんなものではない何か——初めから切れない糸で結ばれていたような、そんな関係がガガリには見えていた。

気づけば二人は一対の番《つがい》のようになっていた。キャラバン隊の中での恋愛事情やらシモの事情やらには、特に規律など作っていないガガリだ。くっつくのも離れるのも本人次第。仲間内での関係がギクシャクしようが、それもまた本人たちの自覚次第だ。

だがまあ、この二人に関しては概ね心配していない。他の連中も気にしていない様子で、時々ガガリがからかう程度だ。それくらいこの二人は、二人でいることが自然なのだ。まるで生まれたときから決まっていた運命だとでもいうように。

そんな二人を見ていると、自分がリュエルを買ったのは、偶然ではなかったのかもしれないと思う。

世の中には、インチキまがいのまじないや奇跡の伝説、神秘の事象など、胡散臭《うさんくさ》い話はごまんとあるが、それでも本物の奇跡が存在することを、ガガリはよく知っている。

「もう戯れ言はいいから、黙って飯を食え。いつまでも終わらないだろうが」

「適当に終わらすなよ。大事なことだろ？　俺の成長にとって」

「たわけ」

運命の二人の、途切れることのない言い争いを聞き流しながら、掌《てのひら》で転がしているグラスに目を落とす。琥珀《こはく》色の液体が、ガガリの手の動きに合わせ、トロリと形を変えていく。

なんの疑いもなしに、こうしたものを口に入れられるようになったのは、いつからだっただろうか。

口に入るものは常に毒を疑い、寝るときには不寝番がいるにも関わらず、深く寝入ることはできなかった。

物心がついたとは何歳のことを言うのか。五歳の誕生日を迎える前には、自分の周りは、常に十重二十重《とえはたえ》の人々に取り囲まれていた。それらの人々は、その国のたった一人の王子を守ろうとする者たちで、彼らに守ってもらわなければ自分は危険なのだと、朧気《おぼろげ》ながらも自覚したのがその頃だ。

身を守るために剣術を学び、即死を防ぐために微量の毒を呑まされる毎日だった。常に監視の目があり、自由などどこにもない王宮での日々だった。

それでも、そんな生活がまだ甘いものだったと思い知らされたのは、自分が七歳のときだ。取り巻きの中でも一番近しく、兄とも慕っていた護衛の一人が殺された。弟のアスラーンが生まれ、第一王子の存在が本格的に邪魔になった正室による暗殺だった。その護衛は、自分の死と引き換えに、第一王子イグリートの命を守ったのだった。

恐ろしいと思うと同時に、これほどまでに自分を憎む者の存在があることが悲しかった。そんなに生きていてほしくないならば、いっそこの命をくれてやると、自暴自棄になったことも、一度や二度ではない。

だが、それができなかったのは、自分を守ろうとする者の存在、実際に自分のために命を落とした者の存在、そして、自分を生んだ母親の存在があったからだった。

国王である父は、自分を可愛がってくれた。護衛を侍らせ、守ってくれようともした。しかし、元凶を排除しようとはしてくれなかった。周りの忠言や息子の訴えに耳を傾けながら、決定的な行動には移らない。

守ろうとはしてくれても、救おうとはしてくれない父を憎んだ。今思えば、自分を直接害そうとするあの女よりも、自分は父親を憎んでいたのかもしれない。

そんな父が自分に向ける慈しみと憐《あわ》れみの眼差しの中に、鬱陶《うっとう》しさが見えたのは、幻ではない。弟が生まれたことで、先に生ませてしまった庶子の存在を、父は確かに疎ましく感じたのだと、あの眼差しを見て確信した。

そして学んだ。王族とは、こうして周りを騙し、人の上に君臨する者のことをいうのだと。

父がしたように、自分も憎しみを押し隠し、表向きは父を慕い、頼り切るように演じた。

憐れを装い、力のない王子であることを印象づけることに終始した。

同情を得るほどに、味方が増えた。だが信用はしなかった。親しみやすく振る舞いながら、誰が裏切るのかを用心深く観察していた。

幼い弟も利用した。可愛がる振りをして懐かせ、油断を招く。お互いに自由の効かないなか、なんとか知恵を絞り、密会を繰り返した。

二人だけの秘密だ。可愛い弟だから。そう甘言を嘯《うそぶ》けば、面白いようにアスラーンは自分に傾倒していく。幾つもの隠れ家を作り、いざとなれば弟の身を人質にできるよう様々な計画を練った。

女は自分の命を狙っているが、自分にもアスラーンという切り札があるのだと思えば、痛快な気持ちになった。

ほの暗い優越感に浸りながら、そんな自分の汚さに反吐《へど》が出る思いも味わった。自分をこんなふうにしたあの女を、父王を、王宮という地獄を憎んだ。

そんな自分にほとほと嫌気が差し、けれど逃れられないほどに雁字搦《がんじがら》めだった生活は、母親の死により、あっさりと捨て去ることになる。

宮殿に出入りする業者の荷車に潜み、王宮を出ると、そのまま行商人の一行に紛れ込む形で国から脱出した。

食材を王宮に献上していた農家や、それを届ける業者、行商人に口利きをしてくれた者たち。王宮を出るときには、護衛までが見て見ぬ振りをしてくれた。

味方を増やすためだけに、偽りの親交を結んでいた者たちだったが、彼らは喜んで協力してくれた。

自分の汚さに嫌悪していたが、それでもしっかりと信頼を築いていたのだと、そのときに気づき、安堵した。

心残りがなかったわけではない。しかし、もう二度とこの地を踏むことはないと誓った。

「……あんな顔ですっ飛んでくるんだからな」

夜のオアシスの畔《ほとり》で、約十五年振りにアスラーンと落ち合った。

別れも告げず、すべてを押しつける形で出奔した兄との再会を、あれほどまでに喜ぶとは思っていなかった。

「兄上」と自分を呼ぶ声は、まったく記憶にないもので、けれど自分を見上げた顔は、あの頃と変わっていないように思えた。

「会いたかったのです」

涙を滲《にじ》ませてガガリを見上げる眼差しに嘘《うそ》はなく、狼狽《うろた》えると同時に後ろめたさを感じていた。

弟を可愛がり、仲良くしていたのは、己の保身のためだった。自分の身が危うくなれば、彼を排することすら考えていた。アスラーンにとって、自分は決して良い兄などではなかったのに、彼は何も知らず、兄を慕い、こうして再会を喜んでくれるのだ。

「兄上、どうか戻ってきてはくれませんか」

国の現状を聞かされ、縋《すが》るように訴えられても、首を縦に振るわけにはいかなかった。

確かに生まれ故郷の窮状には胸が痛んだ。王宮で身を挺して自分を守ってくれた従者たちや、国を脱出するのを手伝ってくれた人々。それまでも関わってきた幾人もの顔を思い浮かべ、なんとかしてやりたいとも思った。そう思うと共に、この国をこんな状態にしたあの女への憎しみが募る。

そして、もう何も手がないのだと、自分に縋り付く弟に、父であった人の姿が重なり、このままでは駄目だという強い思いが湧き上がった。

これまでにアスラーンが体験してきた苦労は想像がつく。砂漠の中の孤立した国という環境と、王族としての責務、そのうえ母親があの女だ。

だが、逆にアスラーンには想像はつくだろうかと考える。

国を出るまでの十七年間、そのあとの十五年間、自分がどれほどの苦労をしてきたのか。ガガリだけではない。今一緒に旅をしている連中は皆、それぞれどれほどの苦難を乗り越えて今の生活を営んでいるのか。

苦労の種類は違っても、苦労なく生きている者など一人もいない。自分だけが不幸だと嘆き、助けを求められても、ガガリにはもうその手を取ってやる腕は残っていない。

ガガリがアスラーンの申し出を断ったときの絶望的な顔を思い出すと、今でもチクリと胸が痛む。

だが、弟には父王のようにはなってほしくないと、強く思う。

「ガガリ、その肉もう食わねえの？　おれ、食ってもいいか？」

ハッとして顔を上げると、金色の瞳がこっちを覗《のぞ》いていた。返事をする前に手が伸びてくるが、ギュッと耳を引っ張られて悲鳴を上げている。

「卑しい真似をするな」

「だって、ほっとくと乾いちゃうだろ？　カピカピになるし」

「飲みながらつまんでいるんだろうが」

目の前で言い争っている二人からテーブルの上に目を移す。どれくらいのあいだ考えこんでいたのか、確かに皿の上の肉が乾ききって端が反り上がっていた。

「食わないのかなーってずっと見てたんだけど」

「なんだ。ずっと狙ってたのか？　俺の肉を」

ガガリが睨《にら》む真似をすると、リュエルが肩を竦《すく》めながらチロリと舌を出した。

「ほら、おれ、育ち盛りだし」

あっけらかんと自分でそう言ってのけるふてぶてしさに、思わず噴いた。

「まったく。おまえたちを見てるとおちおち考え事もできやしねえわ」

ガガリが笑いながらそう言うと、リュエルはハッとした顔をして、即座に耳がシュンと下がる。

「あ。邪魔したか？　悪かった。なんか悩んでんのか？」

「ガガリ、『おまえたち』っていうのは違うだろう。一緒くたにするな」

「おい。今その話じゃないだろ！　ガガリの悩みの話だ」

「悩みがあってもおまえにだけは相談しない」

「なんでエイセイが決めるんだよ！」

「あー、仲が良いのは分かってるから、イチャイチャすんならあっち行ってろ。で、肉は食うから置いておけ」

「肉食うのか？　でもカピカピだぞ？」

「リュエル、しつこいぞ。肉が食いたいなら頼んでやるから」

リュエルの腕を取り、エイセイがテーブルから離れていこうとする。

「んー、でもいっぱいは食べられない。ちょっとだけ食い足らないってだけで」

「少なめにしてもらえばいいだろう。半分は俺が食ってやるから」

「ああ、リュエル、やっぱりこの肉やるわ。そんで新しい肉を俺が食うからこっちに寄越せ」

「何でだよっ！」

即座に振り返ったリュエルの必死な形相に、声を上げて笑う。

まったく、こいつらと一緒にいると退屈しない。

やっぱりあの国を抜けてよかったと、ガガリは心の底から思うのだった。


以前と同じ倉庫を借り、その前で臨時の店舗を開く。

何が売れ筋かはもう分かっているので、今回の商売には特に懸念はない。

客足は悪くなく、どんどん人集りができていく。客の中には見知った顔も多くあり、片手を上げて挨拶をしてくるのに、こちらも同じように返す。

「景気はどうだ？　前より随分と人が増えたが」

塩と乾物を吟味している馴染みの客に話し掛けると、相手は顔を上げないまま「ああ、いい調子だ」と、返事をくれた。

「採掘が順調だからな。なんでも別の場所で新しい鉱石が見つかったらしい。今は調査団が入っていて、結果次第ではまた人が増えそうだ」

「そりゃいい話を聞いた。明日にでも元締めのところへ行ってみるか」

「おう。何か新しいことが分かったら、こっちにも話を流してくれ」

この町の好景気はまだまだ続きそうだ。

他にもめぼしい話が聞けないかと、ごった返している人の波を見渡すと、覚えのある顔に行き着いた。ガガリと目が合うと、そっと頷《うなず》いてその場から離れていく。

客を捌《さば》いている仲間の一人に声を掛けてから、ガガリは持ち場を離れた。別の場所で全体を見渡していたエイセイが、スッと後ろについてくる。

これまでもキャラバン隊の用心棒として頼りになる男だったが、ガガリの生い立ちを知ってからは、警戒の度合いを一段上げた。備えておけば慌てないという考えらしく、ガガリにとっても異存はない。これから自分がしようとしていることを思えば、エイセイの懸念を笑い飛ばすこともできない。

自分から捨てた国だが、滅びろとは思っていない。あそこには、自分にとってやはり大切な人々が生活をしているのだから。

人通りのある道から外れ、建物の陰になっている場所で、男が待っていた。

この町の元締めであるラルゴの屋敷で今は働いている、元はルゴールにいた水神子《みずみこ》だ。

「イグリート様。お久しゅうございます」

恭《うやうや》しく頭を垂れる男に、「その名はやめてくれ」と幾分強い声で制した。

「俺は行商人のガガリだ。その名は捨てたし、今後も二度と名乗るつもりはない」

顔を上げた男は物言いたげに口を開きかけ、そのまま閉じた。悔しさと落胆の混じる表情に多少胸は痛んだが、これは譲れないことなのだ。

「俺にできる範囲での多少の手助けはするつもりだが、それ以上のことはできない。国の窮状を救うのは、現国王の役目だ。俺じゃない」

そう念を押した上で、これまでのことを教え、自分の考えを述べる。

男の話を聞き、約十五年振りにルゴールを訪れたこと。国の現状は厳しく、国王も苦しんでいること。しかし人々の希望は消えておらず、王もなんとかしようと立ち上がる決意を固めたこと。現状は厳しくとも、絶望的なものではないこと。

数年振りに月が揃《すく》えたことを伝えると、男は胸に手を置き、安堵したように息を吐いた。

「アスラーン王は良き水神子だった。彼がいれば、今後の神事も上手く導いてくれるだろう。そのためには、水神子の数が必要だ。幾人かの消息を知っているか？」

男に尋ねれば、かなりの数の水神子と連絡を取り合っているらしい。水神子という重要な仕事を担っている彼らにとってあの国は、とても大切な土地なのだ。

「今後のことも、現王はよくよくお考えでおられる」

母親の圧政に押しつぶされ、自信を失っていたアスラーンだったが、ガガリの説得により、前向きに考えるようになった。先日の月を掬う神事での出来事も、彼にとって大きな救いとなっただろう。

あとは現王を後押しする人々の存在だ。そしてあの女——王太后の排除が急務だ。

そのためには人を集めなくてはならない。国の内側と外側から、弟を支えてやる人材が必要だ。

水神子に指示を出し、自分とも連絡が取れるように詳細に打ち合わせをし、それから別れた。去っていく後ろ姿を見送りながら、ああ、礼を言うのを忘れたと思い、そんな必要はなかったのだと、即座に思い直した。

……あの国を見捨てないでいてくれてありがとう。

そんな思いが一瞬浮かんだのだが、それを言うのは自分ではなかった。

「これからどうすんだ？　ルゴールに戻るのか？」

水神子と別れ、一人になったガガリの背後からリュエルが声を掛けてきた。案の定ガガリを護衛するエイセイにくっついてきたらしい。

ルゴールでは単独で行動するガガリに、勘の鋭いエイセイがすぐさま追ってきたが、そこでリュエルとちょっとした衝突があったらしい。どんな話し合いがもたれたのか、ガガリは知らないが、本人たちで解決されたらしいから、放っておいている。

「いいや。今俺らが戻っても特にすることはない。今まで通り旅をしながら、まあ、ちょくちょく連絡を取るぐらいか」

「そうか。なんかあれば言ってくれよ？　急に一人でいなくなるのはなしな？」

「ああ、分かっている。頼りにしている」

「おう。任せておけ」

笑顔で胸を張るリュエルに、頼もしいことだと、ガガリも笑う。

あれこれ指示をしなくても、適材適所で働いてくれる仲間たちだ。いい仲間に出会えたと思うと、そんな人材を引き当てた自分も割合と凄いのではないかと、自然と顔がニヤけてしまう。

「何を思いだして笑ってんだ？　顔がニヤついてるぞ？」

「いいや。別に」

「あれだ。弟のことだろう」

「違うな」

「ガガリ、あの弟のこと、滅茶苦茶好きだもんな！」

「そんなことはねえだろ」

リュエルの言葉に驚いて顔を向けると、リュエルはニヤニヤしたままこっちを見上げ、「そてんだから」

「でも、アスラーン王に対しては、もっと優しいだろ？　今だって弟のためにいろいろやってやったじゃねえか」

「俺はいつだって優しいだろうが。昨日、肉だってやったじゃねえか」

リュエルは得意げに耳をピンと立て、「そうだね、そうだね」などと、軽い口調で同意する。

「弟が凄く大事なんだよな。おれ、ガガリのあんな優しい顔、初めて見たもの」

うだって」と、断言した。

弟のためではない。あの地に住まう人々のためだと説明するが、リュエルは変わらない口調で「そうだね、そうだね」と、耳をピクピク動かしている。

「最後の夜、ギューッて抱き合ってたの、あれがなによりの証拠だ」

「どんな証拠だよ。あれは儀礼的なもんだろ？」

「ふふん。違うだろう？　だってギュ——だったぞ。ギュギューッて」

「リュエルもギューッてしてやってもいいんだぞ。今すぐに」

「やめろ」

氷点下の声がすぐさま飛んでくる。

「ほらな、こうやってすぐに邪魔が入るからしねえだけで、いつでもできるんだぞ」

そう言って両手を広げて迫ったら、リュエルがもの凄い速さで飛び退《すさ》った。

「そこまであからさまに避けられると傷つくんだが」

耳を寝かせた威嚇《いかく》の態勢をとったリュエルは、「だってあとが怖いから」と言って、そのままエイセイの後ろに隠れてしまった。どんな怖い目に遭《あ》うのか問いただしたいところだが、氷点下の視線が突き刺さるからやめておいた。

「まあ、いいや。そろそろ店に戻るぞ。だいぶ時間を食っちまった」

日は高く上り、気温もだいぶ上がっている。交代で休憩を取りながら、店の売れ行きと、新しい情報が入っていないか確かめなければならない。

エイセイとリュエルは、相変わらず痴話喧嘩を繰り返しながらガガリのあとをついてくる。アスラーンについて、変な誤解をされてしまったが、まあ、ムキになって否定することもないだろう。

からかい半分にリュエルに言われた言葉で、あの日の別れの夜を思い出す。

王としての覚悟を固めながら、それでもあと少し一緒にいたいと駄々を捏《こ》ねていた。うっすらと涙を浮かべていた顔が脳裏に浮かび、ガガリはそっと自分の胸に手を当てた。

あとがき

こんにちは、もしくははじめまして、野原滋です。

このたびは「月の砂漠に愛を注ぐ～獣と水神～」をお手に取っていただき、ありがとうございます。獣と水神の二作目です。

リュエルとエイセイの二人を再び書くことができて幸せでした。そして、一番のお気に入りキャラだったガガリを中心に、今回はお話を作ってみました。

前作ではキャラバン隊の隊長として、頼もしくも捉えどころのないキャラとして登場したガガリ。彼の過去もけっこう壮絶なものになりました。いろいろあったんだろうなとは思っていましたが、王族だったんですね！　びっくりです（笑）

後日談の短編は、ガガリ視点で書いているので、本人が気づいていない、認めていない感情を、リュエルに語らせました。彼の弟に対する感情には、憎しみだけではない、親愛だけでもない、きっと一筋縄ではいかない様々なものが詰まっているんだろうなと思っています。母親があああなので、アスラーンは国王としていろいろ足りません。これからはガガリやキャラバン隊、民や臣下の助力を得て、成長していくことでしょう。ルゴールの未来が明るくなることを願っています。

本編のほうは、相変わらずちょっとおバカなリュエル視点で、ここは書いていて楽しかったです。エイセイがどれだけハラハラしても、本人は気づいていないという……。エイセイ頑張れ、と思いました。二人のキャラがあれなので、あからさまなイチャイチャにはなりませんが、私の中では物凄くイチャイチャしています。読者さまにもそんなふうに見えたらいいなと思いながら書きました。

前作に引き続き、イラストは奈良千春先生にお願いしました。神秘的でなおかつ可愛らしいイラストをありがとうございました。実物を手に取るのが今から楽しみでなりません。担当さまにも毎度毎度お世話をおかけして申し訳ありません。根気強くお付き合いくださったことに感謝です。

最後に、本作をお読みくださった読者さまにも厚く御礼申し上げます。

砂漠に降り立った奇跡の夜のお話を、どうか楽しんでいただけますように。

野原滋

✦初出　月の砂漠に愛を注ぐ～獣と水神～……………書き下ろし
水神子の涙と祖国の思い出……………………書き下ろし

野原滋先生、奈良千春先生へのお便り、本作品に関するご意見、ご感想などは
〒151-0051 東京都渋谷区千駄ヶ谷 4-9-7
幻冬舎コミックス　ルチル文庫「月の砂漠に愛を注ぐ～獣と水神～」係まで。

幻冬舎ルチル文庫

月の砂漠に愛を注ぐ～獣と水神～

2022年5月20日　　第1刷発行

✦著者　野原 滋　のはら しげる

✦発行人　石原正康

✦発行元　株式会社 幻冬舎コミックス
〒151-0051 東京都渋谷区千駄ヶ谷 4-9-7
電話 03(5411)6431[編集]

✦発売元　株式会社 幻冬舎
〒151-0051 東京都渋谷区千駄ヶ谷 4-9-7
電話 03(5411)6222[営業]
振替 00120-8-767643

✦印刷・製本所　中央精版印刷株式会社

✦検印廃止

万一、落丁乱丁のある場合は送料当社負担でお取替致します。幻冬舎宛にお送り下さい。
本書の一部あるいは全部を無断で複写複製(デジタルデータ化も含みます)、放送、データ配信等をすることは、法律で認められた場合を除き、著作権の侵害となります。

定価はカバーに表示してあります。

©NOHARA SIGERU, GENTOSHA COMICS 2022
ISBN978-4-344-85053-8　C0193　Printed in Japan

本作品はフィクションです。実在の人物・団体・事件などには関係ありません。

幻冬舎コミックスホームページ　https://www.gentosha-comics.net

「幻冬舎ルチル文庫」

大好評発売中

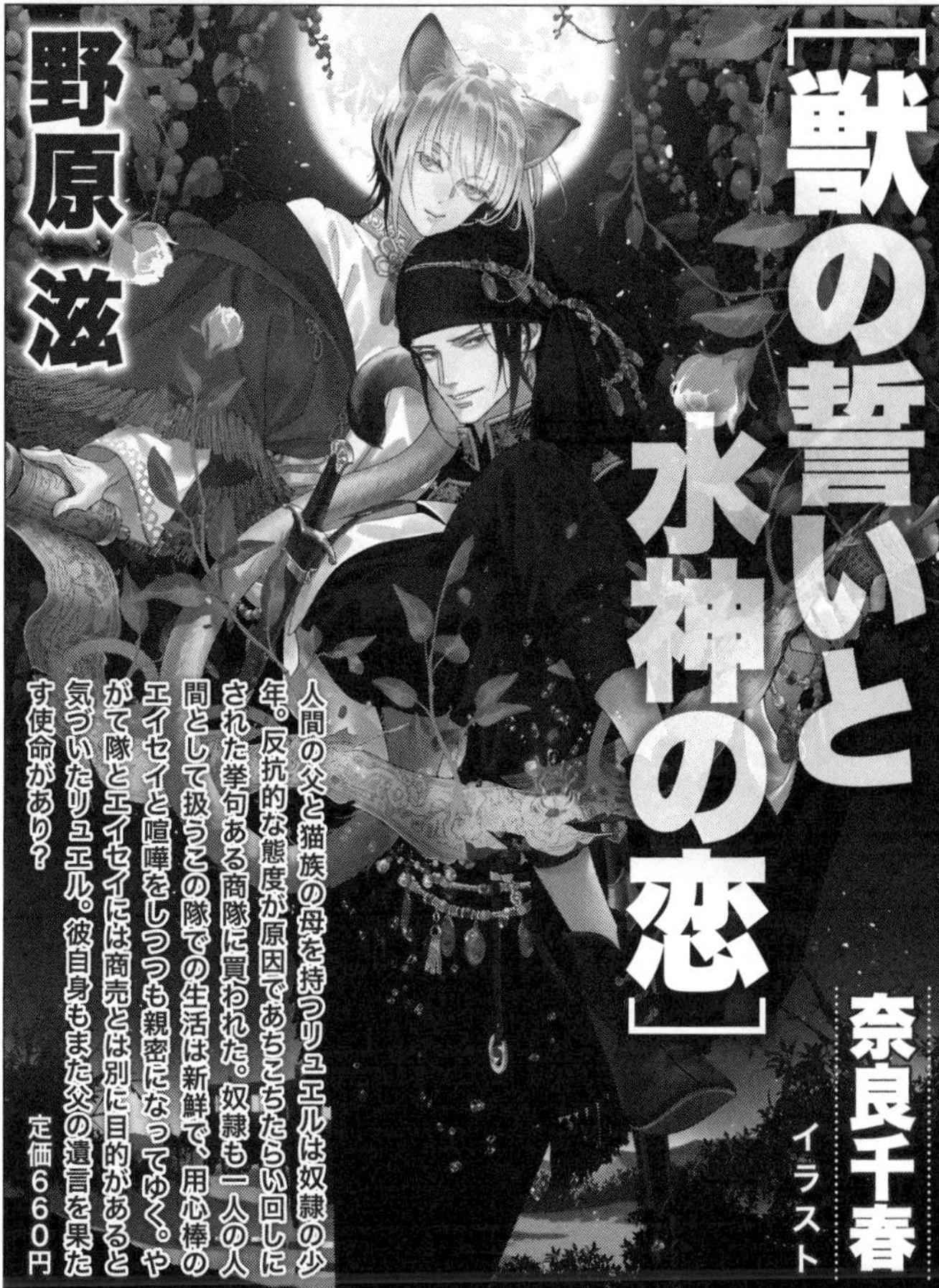

発行●幻冬舎コミックス　発売●幻冬舎

「幻冬舎ルチル文庫」
大好評発売中

家族の縁が薄く施設で育った恭介の前に、五年前に自分を振った彼女が現れた。「あなたの子よ」と小さな男の子を置いてそのまま彼女は姿を消す。身に覚えがほとんどない恭介は、彼女の現在の夫・暁彦を訪ねるが当然門前払い。DNA鑑定の結果が出るまでの二週間、子どもと暁彦と過ごすことになり、やがて恭介は不器用で誠実な暁彦に惹かれて!?
本体価格630円＋税

発行●幻冬舎コミックス　発売●幻冬舎

「幻冬舎ルチル文庫」

大好評発売中

野原滋

イラスト 金ひかる

「鬼の子いとしや桃の恋」

夏休み、本家がある瀬戸内の田舎町に呼びつけられた大学生の西園光洋。なんでも西園家は鬼退治の家系だったらしく、二十歳を迎えた一族の男子は「鬼鎮め」の儀式を経験しなければならないとか。今どきそんな因習は無意味だと、鬼を封じたとされる無人島に軽い気持ちで向かった光洋だが、そこで最後の生き残りだという鬼の少年と出会い懐かれ……!?

本体価格600円＋税

発行●幻冬舎コミックス　発売●幻冬舎

「幻冬舎ルチル文庫」

大好評発売中

「そらの誓いは旦那さま」

野原 滋

サマミヤアカザ イラスト

生まれた時から親の愛も、名前すら与えられなかった空良が、高虎と出会い今は唯一の伴侶として愛を注がれている。戦場では鬼神と恐れられる高虎も、空良の前では素直に己をさらけ出すほど心を許していた。領民にも慕われ穏やかな日々を過ごす二人の元に、他国から海賊団との調停役の要請が舞い込む。危険を承知で海に乗り込んだ高虎たちだが？

定価660円

発行●幻冬舎コミックス　発売●幻冬舎